遇见你 不可思议

蝉为谁鸣

张之路 著

作家出版社

遇见你 不可思议

目 录 —— Contents

不可思议遇见你

蝉为谁鸣

第一章

秀男

秀男的名字常常让人误会，以为她是一个秀美英俊的男孩子。其实，她是一个普普通通的初三女生。

不知为什么，进入夏天以来，秀男总想听到蝉的叫声，可就是听不见。是不是因为环境污染，蝉都濒临灭绝了？要不，明明街道两旁有那么多葱茏的杨树，怎么就像没有生命一样的寂寞呢？

蝉的叫声，尤其是它们的合唱，是夏天的重要组成部分。天气最热的时候，也是蝉们最兴奋的时候，一天到晚，总是声嘶力竭地高声鸣叫。到了立秋，一种个头较小的蝉——当地人叫它们"伏天儿"的那种出现了，蝉的声音才有了抑扬顿挫，有了简单的旋律。它们"伏天儿——伏天儿——"地叫着，凄凉的气氛也便由此产生了。没有蝉鸣的夏天简直就不是真正的夏天。

秀男和赖小珠默默无语地走在路上。

第一次模拟考试的试卷发下来了。秀男的成绩是全班倒数第三，赖小珠倒数第二。她们似乎在考试中用去了九分的气力，余下的一分气力又被看到成绩后的悲哀无情地耗尽，以至于她们现在谁也没有气力再去安慰对方。

现在，离高中的升学考试只有不到两个月的时间了。第一次模拟考试之前，老师说，这次考试十分重要，这个成绩基本上就是中考成绩的提前展现，大家可以在这个成绩里看到自己在中考中的位置。"一模"之后，老师又硬着头皮有气无力地鼓励说，这个成绩虽然说明一些问题，但它并不能决定一个人在中考中的命运。如果加倍努力，没准会出现奇迹。人生能有几回搏？现在不搏，更待何时！

赖小珠忽然指着一棵大杨树对秀男喊："你看！"

顺着赖小珠的手指看去，秀男看见了杨树的树干上，一个土黄色的小东西正缓缓地向上爬。

"知了猴！"秀男叫着与赖小珠一起向杨树跑去。

当地的人把蝉的幼虫叫"知了猴"。常识课的时候，老师讲过，蝉是一种很奇特的昆虫，它的卵在地下要"忍耐"七年，及至形成了浑身的"铠甲"，才从坚硬的土层下爬上地面。一般是凌晨的时候，它们从地面爬上树干，脱去"铠甲"，爬上树梢，高声鸣叫着，度过一个夏天，然后死去。如果把夏天算作三个月的话，也就是说，它们在世界上生活的时间只占孕育过程的三十分之一。真是不可思议！

赖小珠捏住知了猴的脊背，将它抓在手里，知了猴的六条小腿在空中拼命挣扎着。

赖小珠说："秀男，我心里特别难受！"

"怎么啦？"

"你想，如果我也像蝉一样在妈妈肚子里待上七年，而生下来只活三个月，多难受呀！多悲哀呀！我一想，心里就觉得憋闷得难受。"

秀男笑了起来："亏你想得出来，快把它放了吧，好不容易来到这个世界上，你还要折腾人家！"

赖小珠踮着脚，伸长了胳膊，将知了猴放在一个人们不易看见的地方。"祝你平安——"赖小珠说。

秀男拍了拍树干："祝你考上音乐学院。"

"人家不用考，明天早上就会唱歌了……"

秀男又拍了拍树干："爬高点吧！千万别让人把你捉去！"

赖小珠大声说："我们对你不错，别让我们失望。明天来听你唱歌！"

过路的人看见两个女孩子对着一棵树你一句我一句地说话，好奇地停下来，向这里张望。

一回头，猛地看见行人们奇怪的目光，两个女孩子顿时脸红了，不好意思地互相拉扯着向前跑去，一面跑一面咯咯地笑个不停。

快到分手的时候，两个人才从蝉的世界回到现实，脚步也渐渐地慢了下来。她们意识到她们刚才是强作欢颜，就她们现在的学习成绩，她们是没有资格这样开心的。

秀男小声问："你爸会打你吗?"

她知道赖小珠的父亲脾气非常暴躁，尤其是这样重要的考试。

赖小珠苦笑一下，摇摇头，不知道是说不会，还是说不好预测。

赖小珠的苦笑给秀男留下了很深的印象。这丝苦笑一直伴她走进家门。

出乎秀男意料的是，今天爸爸妈妈都在家。每天这个时候，他们都还在上班，家里有一个"领导"迎接她，就算是很难得的事了。

爸爸妈妈一齐抬头看了她一眼，目光暗暗的，仿佛他们已经意识到女儿会再一次将不好的消息带给他们。

秀男知道，最难挨的时刻到了。爸爸妈妈都是有文化的人，都受过高等教育。他们绝对不会像赖小珠的爸爸……可是，每当这个时候，她看到爸爸妈妈那暗淡的目光，或者听到他们那又长又深的叹息，秀男就萌生出一种念头——真恨不得让他们把自己暴打一顿，似乎会更好受一些。皮肉之苦远比灵魂受苦要好受得多。

可是今天，紧张而压抑的气氛似乎提前就准备好了。

"爸……妈……"秀男的声音小得几乎听不见。

爸爸叫楚亦然，在一所大学当教师。听见女儿的叫声，心里"咯噔"一下。他最怕听见女儿那低低的近乎恳求的声音了。那里面透出一种要求原谅，甚至请求宽恕的气息。

女儿从上小学到现在，九年了，每当她的考试成绩不好，回家的时候总是这样近乎悲哀地和父母打招呼。

楚亦然和妻子对视了一眼，将身子面对着女儿竭力平静地问："今天学校有什么事吗？"

"考得不好……"秀男喃喃地说。

"都考了多少分？"妈妈冷冷地问。

她和丈夫一样，眼看自己的预料变成了现实，但仍存一线希望，希望这现实不至于让他们过分悲哀。

"语文86分，数学75分，外语61分，政治90分，历史58分……"

楚亦然脑袋里嗡的一下。不但其他科成绩毫无起色，而且还多了一个不及格，而不及格的成绩是九年里第一次遇到的。

现在，他就像一个落水无助的人一样，仍然幻想着一线生机："其他同学怎么样？"

秀男明白父母的心思——如果别人考得都不好，那么她这个"考得不好"就可以相应地"升值"。可是，如果别人都考得不错，她的成绩就真正令人悲哀了。

"不知道……"秀男低声说。

楚亦然大吼一声："我最反对你的这个不知道！"

　　秀男不由得站直了身体。她以为全家人都影影绰绰地明白，这个不知道其实就是知道，知道别人的成绩比秀男要好。不说出来，大家可能都好过一些。

　　楚亦然是个极为认真的人。他的认真使他很聪明的脑袋有时候就变得糊涂起来。小学六年里，当女儿说不知道，他真的以为女儿不知道别人的成绩，以为女儿缺乏上进心——当一个孩子对她周围同学的成绩都漠不关心的时候，她对自己在班上的地位一无所知的时候，就说明她毫无竞争之心！毫无竞争之心的孩子怎么能进步呢？

　　上了中学，楚亦然渐渐明白了，女儿实际上知道自己在班上的地位。她说不知道的时候，就说明她的成绩很落后。

　　尽管这样，每到这个时候，他还是忍不住要无穷地追问，一直问到那个谁也不愿意面对的现实浮出水面为止。

　　秀男知道，旧景就要重现，爸爸还是会重复着"昨天的故事"。因为她知道，爸爸已经无法排解他的悲哀。

　　秀男的眼里浸满了泪水。她觉得她对不起爸爸……即使是"老故事"也是让人难过的。

　　"秀男，你知道你的成绩为什么不好吗？"妈妈忽然幽幽地说。

"知道。"

"为什么？"

"努力不够，还不够刻苦……学习方法不好……"秀男可怜地找出一些理由。

其实她真的很努力了，也刻苦了，如果说学习方法不好还有点道理。她一直没闹明白，这学习方法到底是个什么东西。

"还有吗？"

"不知道了。"

"要我告诉你吗？"

秀男抬起头来看看妈妈。她意识到妈妈似乎要说些很重要的事情。

"你根本没有把精力用在学习上！"妈妈慢慢地说。

她的话出奇的平静，但却让秀男感到冷飕飕的。妈妈平时说话不是这个样子的。每当爸爸训斥秀男的时候，秀男明显地感到妈妈总是在一旁掌握训斥的分寸和力度。训斥完了，妈妈也总是要对秀男说些鼓励的话。当爸爸激动起来的时候，妈妈就不失时机地跟着爸爸站起来，她的手随时准备拽爸爸，她的身体也时刻准备站到秀男和爸爸之间。

可是今天这是怎么啦！这声音好像来自另外一个陌生的女人。

秀男疑惑不解地看着妈妈。

妈妈拿开桌上一本很厚的书。三封信出现在桌子上。

秀男脑子里"嗡"的一下，就像一束灼热的火把，猛然举在她的眼前。秀男急忙转过脸，不由自主地低下头。

那三封淡蓝色封皮的信，她太熟悉了，几乎能把里面的内容一字不差地背下来。可现在，那淡蓝色突然变得如此陌生，又如此令人恐惧。那淡蓝色正在蔓延开，变成汹涌的海水向她涌来，片刻后就会把她淹没……

"认识吗?"妈妈严厉的声音似乎从很远很远的地方传来。

秀男呆呆地站在那里，到现在为止，她还有一种身处梦幻的感觉。

"我在问你话，回答我!"妈妈拍了一下桌子，其实她是狠狠地拍了一下那三封放在桌子上的信。

秀男木然地点点头。那是一个男孩子写给她的信。她把它们藏在床垫和床头之间的夹缝里，不知道妈妈是怎么发现的。

可现在，她觉得她没有权利去问妈妈。

"他叫什么名字？是同班的吗？"

"不知道……"秀男的声音有些发抖。

"秀男，你不要再欺骗我们了，你这样说，有谁会相信吗？"

妈妈似乎从遥远的地方回来了，她的声音不再那样冷峻："秀男，你这样学习，成绩会好吗？初中三年级，都下半学期了，马上就要考高中了，怎么能谈这些事情呢！秀男，我们万万没有想到你会有这样的事情，我们整天为你担心，操心，帮你复习，给你请家庭教师，家里什么活儿也不让你做，我和你爸爸都长了白头发……你这样，对得起谁呀！"

泪水无声地从秀男的脸上流淌下来。

"告诉我们，那个男生是谁？"爸爸显得有些急躁。

"我真的不知道。"秀男哭泣起来。

"真的见鬼了！和一个人谈恋爱，居然不知道对方是谁，长什么样，叫什么名字……"

"我没有谈恋爱！"秀男委屈地说。

"我不管你这是不是谈恋爱。为什么信上还说喜欢你什么的？秀男，你要和我们说实话。爸爸妈妈这全是为你好！"

不可思议遇见你

蝉为谁鸣

第二章

赖小珠

秀男的确不知道给她写信的男孩子叫什么名字，也不知道他长什么模样，他是几年级几班的，甚至不知道他是不是和她在一个学校上学……

那是一个月以前，期中考试过后，同学们都回家了，秀男一个人坐在教室里发呆。

教室里空空荡荡的，起风了，一扇窗子没有关好，窗扇发出"吱吱呀呀"的叫声，更为这寂静的教室平添了几分让人忧伤的情绪。

遥远的地方偶尔传来篮球场上男生们的喧闹声。那些打篮球的同学有学习好的，也有学习不好的，可他们都有玩的时间。秀男却不敢玩。她很羡慕他们，但却可望而不可即。这点时间，她必须用于学习。

可现在，虽然她的面前摆着老师讲评过的试卷，秀男想把它们再"消化"一下，却没有这个心情。如果现在回家，她实在不敢面对爸爸妈妈那殷切希望的目光。虽说坏消息早晚都要公布，但晚公布总比早公布好……不管有没有道理，秀男总是迈不开回家的脚步。

一阵孤独掠过秀男的心头。

教室的门突然开了。

赖小珠出现在门口。

"你怎么又回来啦？"惊讶之余，秀男心中感到一种莫名的安慰。

"你怎么还没走？"赖小珠眼睛里闪着和秀男一样的目光。

两个人都提了问题，两个人都没有回答，只是默默地坐在一起。

赖小珠从书包里拿出一个面包，举到秀男面前："你还没吃饭吧？"

秀男点点头。赖小珠把面包一掰两半，一半递到秀男的手里。

秀男摆摆手："你怎么不回家吃饭？"

赖小珠不说话，咬了一小口，眼泪扑簌扑簌落了下来。

"你们家出什么事儿啦？"秀男惊讶地问。

"没有……"面包屑从赖小珠手里散落。

她根本咽不下去。

"为什么要哭呀？"

赖小珠紧紧地咬着嘴唇。

"你爸爸是不是又打你啦？"

赖小珠忽然大哭起来。秀男心里一酸。比起赖小珠的爸爸，自己的爸爸要好多了，无论是多么气愤也不会动手打人的。他气急了，最多也就是狠狠地训斥几句。

秀男拉着赖小珠的手："我送你回家吧……"

"我不想回家！"

"那你总不能老待在教室里吧？"

赖小珠不说话了。

"要不要我陪你一会儿？"

"不用！"

"要不要我去和老师说一下？"

"千万不要！"

沉默了一会儿，赖小珠突然对秀男说："秀男，我心里觉得特别难过……"

秀男点点头，但心里有点奇怪，赖小珠平时很少用这样的语气说话。她可千万别产生什么不好的念头呀！

秀男觉得自己更不能马上回家了。要好的朋友这样难过，她不能丢下不管。

静校的铃声响了。

"我们总不能就这样待在学校里吧？你如果回家晚了，你爸更要生气了。"

"能晚回去一会儿，就晚回去一会儿。秀男，你不难过吗？"

秀男附和地点点头。

"家长不理解我们。"

秀男点点头。

"班上的同学们也都看不起我们。"

秀男又点点头。

"连个说知心话的朋友也没有。"

"我不就是吗？"

"你……当然……"突然，赖小珠攥住秀男的手，"秀男，我有个秘密!"

"什么秘密?"秀男瞪大了眼睛。

赖小珠看着秀男,半天不说话,似乎不想告诉她,或者是对秀男的保密水平心存疑虑,可见这秘密的分量。

是不是她想离家出走或者是想自杀?秀男不敢再往下想了。如果赖小珠真的有这样的想法,她一定要尽最大的努力去阻止她。

秀男也紧紧握着赖小珠的手:"你说吧,我替你保密!和谁也不说!永远也不说!"

"我想有个男朋友!"赖小珠眼睛亮亮的。

赖小珠的话还没有说完,秀男的脸倒先红了,心开始莫名其妙地"咚咚"乱跳。她替赖小珠羞涩起来。

赖小珠不属于那种长得漂亮的女孩,基本上没有什么"回头率"。她也不属于性格活泼的女孩,既不能歌善舞,也不能说会道。不仅如此,她还有几分羞涩。因此,这话从赖小珠的嘴里说出来,秀男觉得很惊讶。不过,有一点,秀男是相信的,赖小珠绝不是那种坏女孩!

可是,秀男认为在这样的年纪就有这样的想法有点不大对劲。小孩子不应该接触这样的事——既不"正派"，也影响学习。可是，连她自己也说不清楚……同学们拿这种事开玩笑，相互之间乱说乱起哄的时候，比如说某人和某人交上朋友，某人给某人写了信，某人和某人曾在一起走路聊天……却从来没有人给秀男起哄！那时候，她心中也就莫名其妙地产生一种小小的说不清的悲哀。就像进行一场比赛或者游戏，她可以不愿意参加，但她希望别人能邀请她参加。为什么？她也说不清。

因此，对于赖小珠的话，秀男又是吃惊，又隐隐约约地觉得在情理之中，起码不反感。但是，学习成绩不好，再想这样的事情，好像还不具备资格，会不会更让人看不起？别人会说，瞧呀，学习成绩那么差，还想找男朋友呢！

"你真这么想？"秀男抬起头，不好意思地问，倒好像刚才的话是她说的。

赖小珠抿着嘴唇点点头。

"要男朋友干吗？"

"跟他一起说说话，把不能跟别人说的事情告诉他。"

"跟女朋友说不一样吗？"

"不一样，有了他……我也说不清，反正就好像心里有个依靠。"

秀男长长地松了一口气。她知道赖小珠不会离家出走，更不会自杀了。

"秀男，你想有男朋友吗?"赖小珠盯着秀男的眼睛问。

没有想到她会提出这样的问题。秀男的脸一下子又红了。

"我都把心里话告诉你了，你要跟我说实话。"

"我不知道……"秀男慌张地回答。

和赖小珠比起来，秀男除了学习成绩和她相似之外，其他地方都有些不一样。秀男比赖小珠秀气，显得娇小，也显得更天真可爱。因此，虽说是同岁，但无论从外貌还是心理上来说，秀男都像是赖小珠的妹妹。

第二天中午放学的时候，赖小珠悄悄地把秀男叫到大楼后面一棵大槐树旁。

看看周围没有人，她很神秘地拿出一封信交到秀男手里："这是一个男生让我交给你的。"

秀男吓了一跳。面对这突如其来的信，她脑子里似乎没有什么太明晰的思考："有什么事不能说，还写信?"

"就是不能说嘛……"赖小珠含糊地说。

"谁呀?"秀男心中一惊,似乎意识到什么。

"一个非常好的男孩。名字暂时保密!"

"有什么事呀?"

"我怎么知道!看完不就知道了吗?这信你千万不要给别人看,也不要说是我交给你的。"说完,赖小珠就飞快地跑掉了。

秀男托着那封信,就像托着一个沉甸甸的盘子。淡蓝色的信封上写着:"楚秀男同学收"。落款的地方只写着"内详"两个字。

秀男心中怦怦乱跳。她把信拿到阳光下面照了照,然后轻轻撕开,一张同样是淡蓝色、上面还有花纹图案的精致信笺展现在面前。上面只有短短的几行字:

秀男同学:

你好!

我们同在一片蓝天下生活,我们同在一座大楼里上课。我经常看见你的身影,但我们从来没有说过话。我想成为你真诚的朋友。愿我们共同拥有一份纯洁的友谊!

一个愿意和你成为朋友的人

秀男把那封信看了三遍。当她恋恋不舍地将信折好的时候，发现不是原来的折痕，又重新打开，依照原样重新折好，放进了信封，又用手抚摩一下信封的撕口。刚才要是用小刀裁开，就整齐多了。

这是谁呢？秀男抬起头，看见了湛蓝湛蓝的天。大槐树上有只小鸟在树杈上跳来跳去，欢快地鸣叫着。

秀男把信装好，放进书包的夹层，急忙向教室跑。她想赶上赖小珠问个究竟——是谁交给她的这封信？

到了教室，赖小珠早已无影无踪了。

秀男动过回信的念头，可是她不敢。另外，连写信的人到底是哪一个都不知道就回信，是不是太傻呢？

在这一个月里，赖小珠一共交给她三封信。可是始终对那个男生的情况守口如瓶，一丝一毫也不透露。

秀男想起一个她曾经读过的故事，好像叫什么玫瑰……说的是一个青年军官与一个从来没有见过面的女子通信，成了很好的朋友。战争结束了，他们终于盼来见面的一天。那个女子在信中约定见面的时间和地点，她的胸前将戴着一枝红玫瑰。青年军官如约前往，可是他看到了一个容貌很丑的驼背女人胸前戴着那枝他盼望已久的红玫瑰。青年军官心中不免遗憾，但他犹豫一下之后，还是坚定地向她走去。那个驼背女人告诉青年军官，她是受人之托，现在那个人正在大街的对面等他。年轻军官转过脸，一个年轻美丽的女子正在那里默默地注视着他……

每当秀男接到信的时候，她就不由得想起那个让人感到温馨的故事。

她虽然没有回过一封信，但她想起那些信的时候，心中便涌出一股踏实和温馨的甚至微微有些羞涩的让人激动的暖流。有些美好的秘密藏在心底，挺幸福的。

她万万也没有想到，这一点点还没有成形的秘密被爸爸妈妈发现了。

"这封信总有人交给你吧？难道是从天上掉下来的吗？"

秀男不说话。她绝对不能出卖赖小珠。她隐约地想到，如果找到赖小珠，再找那个男同学，事情就更糟了。不论她喜欢不喜欢他，她不愿意伤害别人。

"我向你们保证，我没有写过一封信！你们不用担心我……"秀男又哭了起来。

"秀男，你要说实话！不是我们不相信你。是因为你没有给我们任何答案。"爸爸语重心长地说。

回到自己的房间，秀男看见原来睡的床垫立在墙边。一个崭新的床垫换到了床上。秀男心中稍稍好过了一点。父母不是因为"搜查"得到了那些信，而是偶然发现了那些信。

"你一定要给我们一个解释！"妈妈在门外说。

不可思议遇见你

蝉为谁鸣

第三章

麻雀

　　第二天，秀男早早来到学校。她希望在上课之前就向赖小珠问清楚，那个男孩到底是谁。与其说是为了爸爸妈妈"侦察"的需要，给他们一个答案，不如说是她自己产生了一种强烈想了解对方的愿望。

　　秀男双眼直瞪瞪地看着教室门口，她盼望赖小珠快快出现。她有许多心里话，只能跟赖小珠一个人倾诉。

　　有人拍了一下秀男的肩膀："嘿！快交成绩通知单！"

　　秀男从恍惚之中清醒过来。

　　班长侯大明正冲着她龇牙咧嘴地叫唤呢："想什么呢！快交！就差你一个人了。"

　　秀男猛然想起，老师发下的"一模"考试成绩通知单，她昨天忘记了让家长签字。

“我还没有让家长签字呢!”

“是不是不敢给家长看?”侯大明毫无同情之心，幸灾乐祸地说。

“谁不敢给家长看了，我就是忘了!”秀男有些愤怒。

“忘了! 别人怎么不忘? 说得倒容易，老师昨天说了，谁忘了，谁就回家去取，签好了再回来上课!”侯大明不依不饶地说。

一个男同学从秀男背后探过身对侯大明说:“侯大明，刚才我进校门的时候，有个叔叔找你，说是你爸爸的同事。”

“在哪儿?”

“就在校门口。”

侯大明跑了。

那个男同学对秀男说:“快把成绩通知单拿出来!”

“干吗?”

“我替你签名!”

这个男同学名叫石工，他给人印象最深的就是那双永远在“微笑”，有人把它污蔑为“坏笑”的小眼睛。

“成吗?”秀男迟疑地把成绩通知单从书包里拿出来。

石工一把抢过去，左手遮挡着，右手龙飞凤舞地写上了

"楚亦然"三个潦草的字。

秀男很吃惊,那模仿的签名和爸爸的"真迹"一模一样。

"你怎么知道我爸爸的名字?"

"当然知道!楚亦然,男,四十五岁,华中大学物理系副教授!"

秀男奇怪地看着石工。石工微笑着,这种事对他来讲毫不费力,既没有技术上的问题,也没有道德和品质上的障碍。轻车熟路,雕虫小技而已。

上课铃响了。

侯大明气喘吁吁地跑回来:"根本没有人找我!"

石工若无其事地说:"人家可能早走了。"

"你骗我!"

"好!如果你这样说,以后有人找你,我再也不管了。"

侯大明还没有忘记秀男的成绩单,他伸着巴掌:"怎么办?你自己去和老师说吧!"

秀男还在犹豫,石工把秀男的成绩单递到侯大明手上,对秀男说:"你别再跟他开玩笑了,他一点幽默感都没有!"

侯大明看看成绩单上的签字,怏怏地走了。

这次考试，按平均分计算，秀男是班上的倒数第三名。倒数第二名是同桌的赖小珠。倒数第一名就是石工。

虽说是倒数第一名，但石工活得很潇洒。他不像秀男和赖小珠，考试成绩不好就蔫头耷脑的。他自始至终都保持着一种快乐的风度。那快乐也不像是装出来的，而是一种由里到外流溢出来的知足者常乐或是不求上进。他说，班上总要有最后一名嘛！可大家都不愿意当最后一名。佛祖说得好：我不下地狱，谁下地狱！我就算是舍己为人吧！

按他的说法，他是为了别人的利益才努力争取到班上倒数第一的。

石工的学习成绩虽说是倒数第一，可他的字写得特别好！同学们说好还不算什么，他的字让老师们都感到惊讶。他不但会写标准的仿宋字，真、草、隶、篆四种字体他都能来两下子。不但写得不错，他还有惊人的临摹本领。他可以在看了某人的签字之后，毫不迟疑地写出与人家一模一样的字来。

石工因为字写得好，因此在班上的地位也不能与其他成绩不好的同学同日而语。就像那些运动成绩非常好的运动员，他们可能也就是小学生的文化水平，但他们照样能得奖章，能得鲜花，退役之后依然能进大学深造。

想到这里，秀男不由叹了口气。在这个班上，最可怜的还是她和赖小珠。人家石工不用功得个倒数第一，也算是适得其所，何况人家字写得好。可她们，努力了半天还是这样的成绩。

赖小珠上午没有来。

看着身边的空座位，秀男打开赖小珠的抽屉，里面空荡荡的。赖小珠是不是病啦？要不就是她的爸爸又打了她？有一次赖小珠实在是害怕，于是不得不谎报"军情"。结果是遭到了一次更为严厉的惩罚。因为除了成绩不好之外，还多了一个撒谎的罪名，两罪并罚，当然是惩罚加倍。

那次挨打以后，赖小珠哀怨地对秀男说："我都不想活了……"

秀男心中一紧，不由自主地抓住赖小珠的手。她什么安慰的话也说不出来，只觉得那手是冰凉冰凉的。

赖小珠会不会出事呀……

想到这儿，秀男突然产生了一种想马上跑到赖小珠家里去看个究竟的愿望。

秀男抬起头，老师正在黑板上分析物理试卷。

大家都聚精会神地听着。没有人会关心赖小珠此时此刻在干什么。

一只麻雀从敞开的窗子飞进了教室。许多声音一齐叫道："鸟——"

麻雀可能意识到自己飞错了地方，有些慌乱地朝着白色的天花板上飞。也许，它以为那里可以找到太阳？

麻雀比黑板上的字更吸引人。连老师也抬起头，目光随着麻雀转来转去。

几个男生得到了老师的默许，径直跑到讲台前，在老师的眼皮子底下各自抢了一把笤帚，然后登上桌子，用笤帚围捕天花板上的麻雀。

侯大明是最后一个参加战斗的，可是比谁都疯狂。

有人高声叫道："关窗子！关窗子！"

麻雀已经明显地发现自己处在了危险的境地，没头没脑地在教室里蹿来蹿去。翅膀碰到屋顶和墙壁上，发出"扑棱扑棱"的声音，让人产生一种惊诧的刺激。

那一刻，秀男突然想，小麻雀为什么不叫呢？人在逃命的时候不是总在喊什么"救命啊""来人啊"之类吗？麻雀虽然不会说人话，可是它会叽叽喳喳地叫啊！现在，它为什么不叫呢？

教室里已经乱作一团，那些拿笤帚的男同学奔跑在课桌上，如履平地。

秀男想，人要是也长了翅膀，肯定会像老鹰一样捕捉麻雀。幸亏老鹰没有人那么多，否则，世界上的麻雀以及一切小鸟早就会绝迹了……

麻雀突然落到了赖小珠的课桌上。它好像已经失去了生存的希望，不再飞也不再跳，只是浑身的羽毛都蓬松着瑟瑟抖动，圆圆的小眼睛直瞪瞪地看着秀男。

麻雀有一张鲜红鲜红的小嘴。

秀男呆住了。一种毛骨悚然的感觉立刻涌遍全身。那一瞬间，她突然觉得那麻雀就是赖小珠变的。

秀男不由自主地伸出颤抖的右手。小麻雀一动不动，秀男将小麻雀握在了手里。

"哇——"全班同学都愣住了。

谁也没有料到会出现这样的结局。是谁捉住的麻雀这不重要，麻雀归谁更不重要！关键是大家在百忙之中做了一场游戏，可是这个游戏的结局太出乎大家的意料了——本以为麻雀会拼死抗争，结果是主动束手就擒！

刚才最卖力气的侯大明向秀男建议："秀男，快把它放生吧！爱护鸟类就是爱护人类自己！"他忘记了，刚才他挥舞的大笤帚足可以把麻雀吓出精神病来。

教室里响起了愉快的笑声。

麻雀的羽毛已经松弛了，身体也没有了刚才那惊恐的颤动。

一个男同学对秀男说："秀男，要不是我们把它折腾累了，你根本抓不到它。"

秀男什么也听不见。她总想着赖小珠！古代传说中的那个叫精卫的女孩掉到海里淹死了，后来不就变成了一只鸟吗？梁山伯与祝英台不都变成了美丽的蝴蝶吗？想着想着，秀男的眼睛湿润了。

她看着麻雀，嘴里喃喃地细语："你要是赖小珠，你就点三下头，好吗？"

麻雀可能是从惊恐中缓了过来。秀男感到它开始在手中蠕动，感到了那种想挣脱的愿望。它的头转向一边，然后又转了回来。

秀男长长地出了一口气。

身后传来石工的声音:"秀男,老师叫你呢!"

秀男急忙抬起头。老师正微笑地看着她:"秀男,把麻雀放了吧!拿着它,你怎么上课呀!"

在全班同学的注视下,秀男走到窗前,迟疑地展开手掌。麻雀可能没有料到这么短的时间就被释放,呆呆地停在手掌上。

小麻雀突然转过脸,向秀男点了一下头,然后猛地展翅飞走了。秀男只记住了那双圆圆的小眼珠和那鲜红鲜红的小嘴巴。

秀男回到座位上呆呆地望着小麻雀消失的那片蓝天……它要真是赖小珠变的,它怎么会只点一下头呢?它要真是赖小珠变的,那封信的秘密就永远没有人告诉秀男了,那个男生也就永远找不到了。

可怜的赖小珠,你现在到底怎么样啦?

中午放学的时候,秀男在路上给赖小珠的家里打了一个电话。电话响了许久,家里没有人接。

吃过午饭,秀男特意早早从家出来,绕了个弯来到赖小珠的家。她家的防盗门锁得紧紧的。

敲了半天门,没有人应声。

秀男走下楼梯的时候,脚下就像踏着棉花一样。

不可思议遇见你

蝉为谁鸣

第四章

写信人

走进教室，秀男一眼看见赖小珠坐在自己的座位上。

秀男的眼睛不由得湿了。就像遇到了失散很久的亲人，秀男几步跑上去，用手捶着赖小珠的肩膀："你到哪儿去啦！让我到处找你！"

赖小珠没有秀男那样激动。她的眼睛红红的，肿肿的，像是哭了很长很长时间。看见秀男，她的眼里闪过一丝高兴的神情。她微微举起手，像是打招呼。她没有说话，两眼有些呆滞。

秀男坐在她的身边："怎么啦？是不是病了？"

赖小珠点点头，似乎连说话的力气也没有，她又指指嗓子，用沙哑的声音说："上火了，说不出话。"

秀男摸摸她的手，很烫："你还发烧呢！"

一只手从她俩背后伸过来，手里捏着一粒粉红色的药片。

"赖小珠,含片药吧!"那是石工。

赖小珠点点头,把润喉片放进嘴里。

秀男觉得他们这里很像一个"铁三角",总有点温暖的小故事在这里发生。

赖小珠忽然凑到秀男的耳边:"我上午都快烧糊涂了,三十九度!我梦见自己变成一只小鸟,飞到教室里。大家都在抓我……侯大明最凶。最后是你救了我……特清楚,跟真的似的!"

秀男浑身哆嗦了一下,只觉得头发根根竖起,一股冷飕飕的感觉涌遍全身。她瞪着眼睛看着赖小珠红扑扑的脸。那脸上找不出一丝一毫麻雀的影子。

"你怎么啦?干吗这样看着我?"赖小珠的声音就像从一个木板的夹缝里发出来的。

秀男说不出话,只觉得手上都是汗水。

语文老师走进教室,飞快地在黑板上写下"石壕吏"三个大字:"大家用五分钟先把这首诗背下来,背不下来,马上查书。"

话还没有说完,教室里便响起一片诵读声。

"夜投石壕村,有吏夜捉人,老翁逾墙走,老妇坐着哭……"

大家笑了起来。第四句的意思并不错，但原文可不是这样说的。

老师猛地一拍桌子："都什么时候了，还在开玩笑！"

教室里安静了许多。诵读的声音小了，但大家都认真了，还不时地有人在翻书本。

教室的门开了，班主任老师走进来，对语文老师小声说了几句话。语文老师点点头。

班主任老师朝秀男招招手。

秀男跟着班主任老师来到了办公室。

秀男的班主任老师是个女性，姓刘，人到中年，但显得朝气蓬勃。她像许多职业女性一样，穿着打扮都很简洁大方。同时，也像大多数班主任老师一样，目光中透着精明、负责和干练。

秀男有些惶恐地站在刘老师面前。

刘老师和蔼地指指她对面的椅子，让她坐下。

"语文课干什么呢？"

"默写《石壕吏》。"

"'一模'的成绩不太理想？"

"是。"秀男点点头。

"总结了原因没有?"

"正在总结……"

刘老师极力把声音调整到商量的口吻:"秀男,今天咱们随便谈谈心,把你的困难跟老师说说。你看,离中考的时间很近了。咱们一起找找原因,能不能来个突飞猛进,好吗?"

秀男点点头。

"有什么困难吗?"

"也没有什么困难,我也挺努力的,不知道为什么成绩总是不好……"

"关键是要专心,只有专心才能提高学习效率,才能达到事半功倍的效果!"

秀男点点头。

"最近有什么干扰学习的因素没有?"刘老师和蔼地望着秀男的眼睛。

秀男低下了头。她突然意识到自己的父母可能来找过老师,把那三封信的事情跟老师讲了。

"有吗?"刘老师又追问了一句。

秀男没有回答。

"和老师说实话，老师绝对不会责怪你。"

秀男明白，老师已经什么都知道了，她再隐瞒下去是毫无意义的。

"我妈妈是不是找过您?"

刘老师点点头。

秀男紧紧咬住嘴唇。她不怨妈妈，也不怨老师，她知道她们都是出于关心自己的目的。她只怨自己运气不好，她也暗暗埋怨赖小珠，如果她不当那个"信使"就好了。

秀男说:"您都知道了……有个男生给我写过三封信。"

"那个男生是谁，可以告诉我吗?"

"我不知道。"

"告诉我，我保证替你保守秘密。"刘老师诚心诚意地说。

秀男不说话。

"你相信我吗?"刘老师的眼睛里充满了关心。

"相信。"

"那为什么不说呢?"

"我真的不知道!"秀男哭泣起来。

"那信是怎么到你手里的呢？信上有没有贴邮票？"刘老师和妈妈有着同样的不容含糊的思路。

如果秀男现在说实话，赖小珠就暴露在光天化日之下了。赖小珠扮演这样的角色，肯定会受到老师严厉的批评。赖小珠已经很可怜了。如果秀男把她说出去，无疑是雪上加霜！可是秀男只会说"不知道"，这就等于向老师和家长宣告：我坚决不说！

秀男低下头在那里痛苦地沉默着。

刘老师说："好吧！你先去上课，考虑好之后，你再来找我，好吗？"

秀男离开办公室的时候，第一节课已经下课了。秀男看看表，她和刘老师几句简短的谈话居然耗费了半小时。

上第二节课的时候，赖小珠几次问她，刘老师找她干什么。秀男都咬咬牙，忍住没说。

老师说的什么全没有听见。她几次想给赖小珠写条子，又怕引起老师的怀疑。秀男艰难地熬过了第二节课。

下课铃一响，她紧紧捉住赖小珠的手："我有重要的事情要找你！"

赖小珠吃惊地看着她："你怎么啦？"

教学楼的后边有一片绿地，一圈松树墙将绿地围成一个教室大小的椭圆形，沿着松树墙自然的曲线摆放了十几张长条的石凳。清晨，许多晨读的同学就在石凳旁朗读语文和外语。除了图书馆，这里是同学们自学的首选场所。

记不清是哪届毕业生中有个女才子，她在一篇毕业的作文中将这片绿地和周围的景物描写得情景交融，美不胜收。她无限眷恋地将这块地方称做"绿帆船"。

"'绿帆船'的景色在黄昏的时候是最美的，夕阳的余晖这个时候才发现还有这样一叶美丽的船……一丛丛高大而秀丽的太平花变成了一张银色的帆……它的香气伴着绿色的微风荡漾开来，绿帆船似乎真的要游动起来……"

真是看景不如听景。虽然这篇美丽的散文依然挂在学校图书馆里，但是没有多少同学能体味到"绿帆船"像文章里描述的那么美。

现在，秀男和赖小珠就坐在"绿帆船"尾部"船舷"之外的一个冰凉的石凳上。

她们的周围没有一个人，没有一点声音，也没有一丝风。

秀男将这两天发生的事情原原本本地向赖小珠叙述了一遍。

随着秀男的叙述，赖小珠的脸色越来越紧张。

还没等秀男说完，赖小珠就急不可待地问："你说了是我把信给你的吗？"

"没有。"

赖小珠长长地出了一口气："千万别说！"

"可是，我怎么办呢？她们一定要让我说出来，信是从哪儿来的。"

"你就说是在门口捡的！"

"骗谁呀！谁会相信呀！"

"对啦！你就说是在信箱里发现的。"赖小珠为自己想出这个能自圆其说的谎言感到高兴。

"我们那里没有信箱。"

赖小珠不说话了。

"那个男生到底是谁呀？是不是咱们年级的？"

赖小珠还是不说话。

"你说话呀，那个男生到底是谁？"

"那，你也不能把他说出去呀！"

"我不会告诉别人的，但我一定要知道他是谁！"秀男的目光里有一种不容商量的坚定。

赖小珠眼睛望着天空，似乎面临着痛苦的抉择。

"你要是不告诉我，我只好跟老师说，信是你交给我的。"

赖小珠忽然抓住秀男的手："我要是告诉你，你会生气吗？"

秀男摇摇头。

"你会跟老师说吗？"

"不会。"

"秀男，根本没有什么男生！那三封信都是我自己写的。"

秀男惊呆了。她似乎没有听明白："你说，那三封信都是你写的？"

"是我写的。"

"你为什么要干这种事呢？"秀男几乎叫喊起来。

"我就是想开个玩笑！"

"你怎么能拿这种事情开玩笑呢！"

"对不起，你千万别生气。"赖小珠十分歉疚地说。

"你刚才说的都是真的吗？"秀男问。

"是真的。"

"根本没有那个男生?"

"根本没有。"赖小珠肯定地说,"幸亏没有!这样就没有多大的事儿了。要是真有那个男生,老师追问起来,可就麻烦了。现在,我们就说开了个玩笑。不过,就这样,老师如果知道了,也饶不了我,起码认为是特无聊的事儿……秀男,你怎么不说话呀?"

赖小珠这样"自拉自唱"地说了一会儿,一扭头才发现秀男呆呆地坐在那儿,根本没听她说话,已是满脸的泪水。

秀男心里涌满了一种无法排解的惆怅。为什么?她说不清。父母和老师追问这件事的时候,她害怕,她后悔,她希望这件事不曾发生。可现在,当那个"男生"突然在她的头脑里"消失"了,她产生了一种说不出来的忧伤。

赖小珠推着秀男的肩膀:"秀男,你怎么啦?你说话呀!"

秀男默默无语,觉得浑身上下没有一点力气。

赖小珠两手摇着秀男的肩头:"秀男,你不要吓我,说话呀!"

秀男鼻子一酸,小声地哭泣起来。

沿着松树墙,似乎有人走过来,就像脚步踏在秋天的落叶上,发出那种"窸窸窣窣"的声音。

脚步声停在她们的面前："你们好！"

秀男和赖小珠一齐抬起头，只觉得眼前一亮。

一个男生站在她们眼前大约两米的地方，从身材和气质看，好像是高二或者高三的学生。可是，她们在学校里从来没有见过他。

他身高大约有一米七五，穿一件白色的没有领子的T恤衫和一条浅灰色的水洗布长裤，白皙的脸上透出一种书卷气，长长的头发搭在宽宽的额头上。他长得很清秀，行为举止虽然显得很大方，但却掩盖不住一种发自内心的羞涩。

"你好。"两个人出于礼貌地点点头。

"你们在说什么呢？"男生问。

秀男和赖小珠互相看了一眼，觉得这个男孩过于热情了。

赖小珠不无调侃地说："谢谢你的关心，我们在聊天。"

"需要我帮忙吗？"

"不用。"

男孩丝毫没有离开的意思，他微笑着指着秀男："你为什么要哭呢？"

秀男奇怪地注视着男孩，男孩的目光稍稍有些躲避。这种问话要是放在另一个人身上无疑有些多余，可秀男对眼前这个男生并不反感。

赖小珠将手摆了摆："这事和你没关系！"

男孩还是微笑着："怎么和我没有关系呢？"

赖小珠和秀男都愣住了。那个男孩逆光朝她们站着，阳光将他的轮廓镶上了一圈毛茸茸的耀眼的金边。

男孩子指着秀男说："你接到的三封信都是我给你写的。"

不可思议遇见你

蝉为谁鸣

第五章

边域

　　赖小珠看着那个男生，他似乎不属于那种嬉皮笑脸的撒谎不脸红的家伙。他说这句话的时候，表现出的是那种仿佛下了很大决心要将事实公布于众的认认真真的样子。

　　那一瞬间，赖小珠似乎觉得真是她从男孩手中接过的信，然后交给了秀男。可是静静一想，这怎么可能呢！不要说这个男生曾经交给过她什么信，这个男孩她连见也没有见过。至于说到那些信，那是赖小珠一字一句写在信纸上的。为了让秀男认不出来她的字体，她特意把写好的信让邻居家的大姐抄写了一遍。

　　让赖小珠感到惊讶的是那个男生怎么知道这三封信的事情。想来想去，只有一个可能，就是她们刚才说话的时候，那个男生躲在松树墙后边偷听！

赖小珠换了一种嘲笑的口吻："什么三封信？我们不知道你在说什么。"

那个男生丝毫没有与赖小珠争辩的意思，他依旧微笑着，然而是极为认真地说："要我把信的内容背一遍吗？"

赖小珠生气了："你这简直是无理取闹，你要是愿意背，你到别处去背，我们不想听！"

就像在公开场合表演节目时有些不好意思，男生低下头，先咳嗽了一声，然后声音很小却非常清晰地将信的内容背了一遍。

秀男和赖小珠呆住了。

几乎是一字不差！

秀男不说话，她用责怪的目光看着赖小珠。她认为，赖小珠为了保护那个男生，故意把责任揽到自己的身上。那一刻，她的惆怅和忧伤消失了，取而代之的是莫名其妙的惊慌和不安。

赖小珠惊讶了许久，说不出话。

过了好久好久，她突然大声问："你是怎么知道的？"

"我写的，我怎么不知道呢？"

"这怎么可能呢？这怎么可能呢？"赖小珠从石凳上跳起来。

　　她百思不得其解。她不知道是哪里发生了问题。是她泄了密，还是秀男泄了密？可是，无论是在什么地方出了问题，一个她根本不认识的男生，干吗要冒充这根本不存在的男主角，在这里上演一出莫名其妙的戏呀！这里难道有什么阴谋吗？

　　赖小珠想来想去都觉得没有答案，她只觉得心中憋闷得要命，让人几乎要疯狂了！

　　秀男低声问赖小珠："这是真的吗？"

　　赖小珠脸涨得通红："根本没有这回事！我根本就不认识他！"

　　秀男左右看了看，不知道谁在撒谎。

　　那个男生慢慢地说："你们不要着急，我只是来承担责任的，我要去和你们老师说清楚，这件事你们没有任何责任！"

　　他不微笑了，表情很严肃："放心吧……"说完后，那个男生转身就走。

　　当他走到"绿帆船"的"右前舷"时，秀男情不自禁地叫道："你等一下！"

　　男生回过头，像个大哥哥似的看着她。

　　"你在哪个学校上学？"秀男喃喃地问。

　　男生微笑了一下："我在华大附中高二（六）班，我叫边域。"

看着男生消失在教学楼的转弯处，秀男对赖小珠说："你应该和我说实话！"

赖小珠委屈地大叫起来："我刚才说的都是实话，我现在也不明白，怎么突然冒出来这么一个家伙。你就那么相信他吗？"

秀男摇摇头："我不知道怎么回事呀！我以为你们两个人是认识的。"

"真是天大的冤枉！你不应该让他去找老师，这样事情可就复杂了。"

"可是我怎么去和老师说呢？我就说信是你交给我的？"

赖小珠不说话了。

秀男说："他这是不是见义勇为呢？"

"有这样见义勇为的吗！连认识都不认识，真是太离奇了。"

眼见着夕阳变成了橘红，过了一会儿，它又变成胭脂那样通红的颜色。"绿帆船"被染成一片金黄，变得像梦一样的朦朦胧胧。

赖小珠问秀男："他说他叫什么？"

"他说他叫边域，在华大附中上学。"

"明天，我们一起去找他，一定得问问清楚。"

秀男醒了，她是被妈妈叫醒的。她在复习功课的时候趴在桌子上睡着了。秀男迷迷糊糊地看看眼前的钟，十二点。

妈妈慈爱地抚摸她的头："太晚了，快睡觉吧。"

秀男在卫生间里洗脸的时候，妈妈又跟进来说："秀男，来，到妈妈屋里来一下，妈妈跟你说个事儿。"

秀男愣了一下，睡意立刻没有了，她不知道又发生了什么事情。

妈妈的桌子上摆着那三封信。秀男站在妈妈的面前。她知道，妈妈很可能又要问那个问题的答案了。她知道，在没有答案之前，妈妈绝不会就轻易放过她的。现在她的思绪变得非常复杂，她不知道怎么和妈妈讲述白天在学校里遇到的事情。

妈妈开口了，她的微笑里明显地透露出一丝歉疚："刚才，你们的班主任和我通了一个电话。她告诉我，今天下午有一个男同学找了她，向她承认了那三封信是他写给你的。"说完，妈妈用试探的目光望着秀男。

秀男没有说话。一定是那个和她们说话的男生！她猜想，那个男生是见到她们之前或者见到她们以后去找刘老师的。

妈妈接着说："他说你不但没有给他回过一封信，而且说你确实不认识他。他每次都是在别人上课间操的时候，悄悄把信放到你的课桌里。"

秀男愣了一下。这个明显的"撒谎"细节很简单，但是她和赖小珠就不曾想到过。

"他是谁？"秀男问妈妈。

妈妈皱了皱眉，摇摇头说："刘老师没说，只是说他并不是这个学校的同学，并且保证再不做这样的事情。"

妈妈把手搭在秀男的肩上："秀男，妈妈错怪你了。"

秀男的眼睛湿了，不知是为妈妈的宽宏明理，还是为那个男孩子的仗义。

妈妈说："但你也有不对的地方。接到这样的信，不应该把它憋在心里，应该马上跟家长和老师说。你年纪还小，不会处理这种事情。再说，无论你有没有给他写信，总是干扰了你的学习。你说是吗？"

秀男点点头。

"这件事，我本来可以明天和你说的，但怕你心里还有负担，所以今天就马上和你说了。没事啦！去睡觉吧！现在你唯一的任务就是把学习成绩搞上去。"

最后，妈妈把三封信交给秀男，宽容地说："你自己处理了吧。"

秀男躺在床上，翻来覆去地睡不着觉，那个男生的形象非常清晰地浮现在她的脑海里。不管他写信的事情对不对，但出了问题，他主动地把事情揽在自己的身上，还考虑得十分周全。秀男感到一种深深的安慰。像班上侯大明那样的男生肯定做不到这一点，他们逃跑还来不及呢！想起赖小珠，秀男觉得她也不错，她虽然没有那个男生那样勇敢，但她始终不愿说出那个男生的名字，乃至那个男生出现在面前，她还装傻充愣，装得和真的似的！对啦，那个男生叫什么名字来着？对了，他叫边域——边疆的边，区域的域。

第二天早晨上学的时候，秀男向赖小珠说了昨天晚上妈妈和她的谈话。

赖小珠惊讶地说："他真去找老师啦？"

秀男点点头。

"他说信是怎么到了你手里的？"

"放心吧！根本没有说你。他说在课间操的时候，偷偷把信放到了我的课桌里。"

赖小珠自言自语地说："好奇怪呀！他为什么要这样做呀？"

秀男说："他肯定是怕老师批评你，才把所有的事情都自己来扛。"

"我说的不是这个意思，我是说，这件事根本和他没关系，他干吗要这样做呢？真是奇怪，太奇怪了！"

秀男觉得赖小珠有时候很傻，却真是傻得可爱。事情都到了再清楚不过的程度，她还在这里"演戏"！

秀男不说话，只是心里暗暗发笑。

她决定自己一个人到华大附中去一趟，不带赖小珠，可是又有点害怕。带上赖小珠有带上的好处，不但可以壮胆，而且到了那个时候，赖小珠说不定就会实话实说了。

第六章

意外

秀男带着那三封信走进华大附中的校园。

她还是决定一个人去华大附中。她怕赖小珠将来哪一天一不留神说出去，又带来很多很多的麻烦。可是为什么要到华大附中去，她自己也说不清楚。是去向那个男生道谢，还是想问出事情的原委？只有一条她是明确的，要弄清这件事情到底和赖小珠有什么关系。虽然事情是明明白白的，但是确认一下，心里就踏实了。另外，顺便把那三封信还给他。

秀男所上的中学，虽然也是区重点中学，但是和华大附中这所全国重点中学相比，可就差多了。那里不但校舍显得正规气派，而且进进出出的学生也都显得很有气质。光是远远地看到主楼一角耸立的半球状的天文观测台，就让人觉得这里简直就是一所缩小的大学校园。

这是下午第二节课后。按秀男的估计，华大附中也会和她们学校一样，有些同学在做值日，有些同学在操场上锻炼身体，这个时候，很少有人马上回家。

秀男走进教学大楼，问了一个戴校徽的女同学，高二（六）班怎么走。女同学很有礼貌地把她带到楼梯口，指指上面，告诉她上四楼往右拐。

秀男走上楼梯的时候，她的心剧烈地跳动起来。她有点害怕。她惊异地发现自己的胆子太大了！怎么就这样鬼使神差地来到了华大附中呢？见到了那个叫边域的同学，跟人家说什么呢？万一有别的同学在场，不是也会带来许多麻烦吗？刚才想好的理由，现在想起来，哪一条都觉得不够充分……一瞬间，她产生了一种马上要逃离华大附中的愿望。

可是，她的两腿还是不听使唤地一级台阶一级台阶往上攀登……

没有想到，四层楼梯这样快地就走完了。秀男向右侧看去，出乎她的意料，眼前的第一间教室门口就挂着高二（六）班的牌子。秀男迟疑地走到教室门口，门虚掩着，里面传出来几个同学的说笑声。人不多，好像是在打扫卫生。一缕狭长的光线从门缝里泻到楼道里，由于有了灰尘，那光线显得格外清晰。

此情此景，在所有的中学里几乎都是一样的，可秀男却觉得无比的陌生，仿佛是来到了一个遥远的国度，或者是到了另外一个世界。她不敢敲门，也没有推门，只是呆呆地听着屋里的声音，希望那众多声音里有一个是属于边域的。

门突然被撞开了，一个男同学手里拿着粉笔冲出来，看见门外的秀男，他吓了一跳。秀男也吓了一跳。

一个粉笔头落到秀男身后的墙上，敞开的教室门里站着几个手拿粉笔头的男生，看样子，他们正在"追杀"那个冲出来的男生。

那位男生急忙做了一个暂停的手势："别闹！别闹！有客人来啦！"

那些男生住了手，调皮的笑容收敛得无影无踪，一个个变得彬彬有礼的样子。他们又退回到自己的"阵地"上。

那"阵地"是一块就要完成的黑板报，看样子那几个同学正在出板报。

被"追杀"的男生很有礼貌地问秀男："请问，你找谁?"

"我找边域。"秀男说。

"边域?"那个男生想了一下,又一本正经地问那几个同学,"你们谁叫边域?"

几个男生一起说:"很遗憾!我们都不叫边域!"

"他是不是回家啦?"秀男急忙问。

一个男同学认真地问:"你说的边域是个人名吗?"

"是——边疆的边,区域的域。"

"对不起,我们这里根本没有这个人。"

"别的班呢?"

"男生?女生?"

"男生。"

"据我们所知,我们高二的男同学当中没有叫边域的。"

秀男愣住了,莫非是她听错了学校或者年级?她一面说着对不起,一面急忙向楼梯走去。

那个最先跑出来的男同学善意地开着玩笑:"同学,你下次再来找边域,早点通知,他们几个会改名字的。"

秀男跑下楼梯,急忙向校门口走去。她暗自埋怨自己,真是有病!什么都没打听清楚,就这样莽莽撞撞地找一个陌生的男同学,真是自找苦吃!

走出校门，秀男惊魂稍定，她在一个小摊前买了一根雪糕。

有人在背后叫她的名字。

秀男回头一看，她几乎不敢相信自己的眼睛！眼前站着的正是昨天在学校里见到的那个叫边域的男生。他还穿着昨天穿的那身衣服，样子和神态一点都没有变。

秀男又惊又喜，一时不知道说什么才好。

边域先开口："你是不是到学校来找我？"

秀男点点头："可是，你们班上的同学都说根本没有你这个人。"

边域不好意思地说："真对不起，我们班的那些同学就喜欢恶作剧！其实，我刚才在图书馆。从图书馆出来，一眼就看见你从楼里走出来，就追了过来。"

"他们怎么能这样开玩笑呢？"秀男嗔怪地说。

"他们可能是精力太充沛了吧！除了学习之外，不知道把精力用在什么地方，就开这样的玩笑。"

"是不是智商高的人都喜欢这样？"

"也不一定，我就不喜欢他们这样。你找我有事吗？"

"我是特意来谢谢你的……昨天你找了我们班主任，我们老师又和我妈妈通了电话……"

"没事吧?"

"没事了,谢谢你。"

"别这么说,好汉做事好汉当嘛!"

秀男和边域沿着学校的围墙走到了一条寂静的小街上。两旁的杨树把一阵凉风送过来,边域哆嗦了一下。

"你很冷吗?"秀男问。

"不!我得了感冒,刚好。"边域指指自己的鼻子。

秀男突然问:"你是怎么认识赖小珠的?"

边域微笑着说:"我根本不认识她。"

"不认识!那你怎么把信交给她,又让她转交给我的?"秀男奇怪地问。

边域愣住了:"其实,其实,我也可以通过她交给你,而不是直接放到你的书包里。"

"那么就是说,赖小珠交给我的信,不是你写的?"秀男认真地问。

"说是我写的……也可以……"边域吞吞吐吐地说。

"怎么能这么说呢?是就是,不是就不是,希望你能对我说真话!"

在秀男的心目里,关于送信的情节只有一个小小的疑团。可是现在,这疑团突然被放大了,边域根本不能自圆其说。信是秀男真真切切地从赖小珠手里接过来的,可边域说他根本不认识赖小珠。赖小珠也不承认是边域交给她的,而说是自己写的。

这到底是怎么回事!简直是一团乱麻!

边域仰脸呆呆地望着天空,仿佛要从那里寻找答案。

过了好久,他才低下头,看着秀男,好像是下了很大的决心:"好!我就说实话。那信,不是我写的。"

"啊——"秀男惊叫起来,"既然不是你写的,你干吗要说是你写的呢?"

"我只是想帮助你。"

"帮助我?"

"帮你渡过难关!"

"你根本不认识我,你怎么知道我有困难?"

说了实话,好像心态平静了,边域又用缓和的声音说:"我认识你,可你不认识我,所以我知道你的困难。"

"你怎么知道那三封信的内容?"

"我看了，而且把它们背下了。"

"你在哪儿看到的？"

"我不是不愿意告诉你，我说的都是实话，不说有不说的难处。你能不能让我保留一点秘密？"

秀男不问了，现在她觉得问题似乎清楚了，只是剩下了那点"不说有不说的难处"。人家那样帮助你！你现在不好再强迫人家。

"本来我想把那三封信还给你，可信不是你写的……"秀男有些惆怅地说。

"信虽然不是我写的，但我还是愿意像信里所写的那样——和你成为好朋友。"

一个她从来不认识的人，用这种特殊的方式来帮助她。秀男觉得这是件很神秘很奇怪的事情。

秀男心中很温暖。

边域像个大哥哥似的拍了拍秀男的肩膀："快回家吧，还有那么多的功课要复习呢。"

"我还会见到你吗？"秀男轻声地问。

"中考以后，你会见到我。"

"你会给我写信吗?"

边域微笑着不说话。好一会儿,他才说:"你很聪明,也很善良。我会努力帮助你的,你要有自信心。"

这两句不着边际的话,秀男虽然有点不明白,可她却觉得很受鼓舞。

边域转过身,向华大附中方向走去,他没有再回头。可是那双充满热情和自信的黑黑的眼睛却一直在秀男心里散发着明亮的光彩。

不可思议遇见你

蝉为谁鸣

第七章

竞争

　　紧张的空气越来越浓烈了，如果人的鼻子没有退化，还能像动物——比如狗——那样保持着灵敏的嗅觉，一定能嗅出那浓浓的火药气味。

　　学校为了提高学生的学习成绩，每天开始上七节课。上午四节，还不算早自习。下午三节课，一节自习也没有。下午第一节课，各科的老师轮班来给学生"补习"。下午第二节课，一个班同学要分成三部分上课。学习好的上"提高班"，讲些"奥林匹克试题"什么的；学习中等的上"普通班"，把在课堂上可讲可不讲的补充教材教给他们；学习成绩落后的同学要上"补习班"，将他们以前曾经学过的，但没有"吃透"的内容再"重温"一遍。

　　秀男、赖小珠和石工都是"补习班"的当然成员。

　　"一模"考试完了的第三天，全初三年级召开了一次由老师、学生和家长共同参加的大会。

　　校长先把全年级"一模"考试的前十名热情地表扬了一番，然后把全年级考试得第一名的同学请到台上给大家介绍她的学习方法和心得体会。这位同学就是和秀男在一个班的女同学高珊珊。

　　在老师和同学们的心目中，高珊珊几乎把所有她这个年龄的女孩子所能具备的优势全都占了。她学习成绩好自不必说，关键是她的学习似乎毫不费力，玩着、笑着，轻轻松松，轻而易举地就把第一名的桂冠拿到了手。高珊珊长得很美，如果她愿意的话，报考什么艺术院校、艺术团体，光从相貌上来说她就可以排在前几名。高珊珊思路清晰，说起话来不紧不慢，圆润悦耳，头头是道。

　　最关键的一点是她有这么多的优点，却一点也不张狂，总是微笑地谦和地面对别人。仿佛天地间的灵风秀气都集于高珊珊一个人的身上。

　　就一般情况而言，家长们在见到好学生之后，回家总爱拿自己的孩子与那些好学生相比较，以便激励自己的孩子奋发图强："瞧！人家那孩子，你也不跟人家学学？"

可是，见到高珊珊的家长们从来也不拿她去和自己的孩子比较。他们认为那是一种可望而不可即的事情，真的去比较了，只会让自己的孩子自惭形秽，失去宝贵的信心。

听着高珊珊的发言，家长们心中只有一个念头：人家孩子是怎么养的，真是命好啊！学生们则觉得高珊珊的发言就像是来自另外一个星球的信号，太遥远了，和自己没有任何关系。就像在听一个早已听熟悉了的歌星在演唱，听听可以，要学可不是那么容易的事情。

高珊珊发言结束了。

掌声过后，校长宣布说："下面，我们请石工同学来谈一谈他的体会。"

校长的话还没有说完，全体同学的目光"哗"的一下集中在坐在中间的石工身上。这太让人意外了！

会场立刻喧闹起来，不但秀男和赖小珠感到十分惊讶，就连全年级的同学都觉得奇怪。

校长解释说："我们已经取得了好成绩的同学要坚定信心，学习比较落后的同学更要坚定必胜的信心！我们欢迎石工！"

石工站在讲台上，全场鸦雀无声。校长坐在他的旁边。

石工是经过校长提名、班主任刘老师反复动员，才答应上台发言的。

按校长形象的说法，全年级的学生就好像是一根木头，只有抬两头，这木头才会被抬起来。木头的一头是高珊珊，而另一头就是石工。之所以选了石工，是因为老师们认为石工虽然学习成绩不太好，但是他真的很聪明，属于身上埋藏着巨大潜力的那种人，如果鼓励得当，可以把落后同学的积极性调动起来。校长看过石工写的字，认为这个同学不鸣则已，一鸣惊人！

石工对着麦克风咳嗽了好几下，就是不说话。

校长对石工说："说吧！"

石工转过脸，看着校长："我的发言稿找不到了……"

会场里响起一片笑声。

校长愣了一下："没有发言稿没关系，想到什么就说什么。"

"实话实说？"

"实话实说。"

石工终于发言了。

他说:"老师让我代表成绩落后的同学讲一讲模拟考试的体会,我就说说心里话。对于我们落后生来说,中考和高考就好比是上战场,不!是上刑场!我们没有开枪的份儿,只有挨打的份儿,本来一枪打死也就算了,可是没有这么便宜。第一枪擦肩呼啸而过,把你吓个半死!第二枪仍然是擦耳呼啸而过,又把你吓个半死!虽然没有死,但我知道死亡离我越来越近。恐怖啊!这第一枪就是第一次模拟考试,第二枪就是第二次模拟考试!明白了吧?模拟考试就是'折磨你'的考试!这也不知是谁发明创造的?我爸妈上学的时候,从来就没有听说过,考试就考试吧,干吗还要来个模拟考试?"

包括校长在内的所有人都愣住了。紧接着,会场开始小声议论起来,声音越来越大。大家从来也没听说过这样奇怪的议论。表面看起来毫无道理,但仔细一想,似乎又有点道理——就算是歪理吧!

校长拍拍石工的肩膀:"说主要的!"

"我已经说完了……"石工说。

"这就说完了?"校长几乎要从椅子上跳起来。

看见校长拉长的面孔，石工急忙补充说："最重要的是，我们落后同学没有失去信心。既然有了模拟考试，既来之，则安之。我们决心努力学习，天天向上，向先进同学学习，迎头赶上！"

校长带头鼓掌。他可是真正领教了石工的"才华"。他太有潜力了，居然能说出这样驴唇不对马嘴的体会。真是做到了不鸣则已，一鸣惊人！

石工的爷爷也来参加家长会，他是个做金石艺术的老前辈。

坐在台下，听着孙子的怪论，他气得用拐杖不住地戳着地面："唉！黄口小儿，不知深浅，信口胡言，气死我了！"

秀男和爸爸一起骑着自行车走在回家的路上。两人默默无语。秀男知道，爸爸的心情很沉重。刚才家长会完了以后，他们班又留下了十位家长，其中就有秀男的爸爸。

快到家的时候，爸爸突然问："那个说打枪的同学叫什么？"

"他叫石工。"

"他在班上成绩怎么样？"

"倒数第一。"

"还排在你的后面？"

"嗯。"

"看那样子还挺聪明的。"

"是。"

"你觉得他说得对吗？"

"不知道。"

"你就会说不知道。"爸爸有些生气。

秀男知道，爸爸现在的情绪非常坏，千万不要惹他生气。

前边正在修路，地上坑坑洼洼的。恰好一辆汽车迎面驶来，爸爸的自行车只好避让到一片堆着水泥石块的空地上。爸爸的自行车被一块水泥块硌了一下，秀男眼睁睁地看见爸爸连人带车摔到了地上。

还没等秀男跑上去，爸爸已经艰难地爬了起来。秀男扶着爸爸。爸爸的胳膊肘摔破了。幸亏穿着长裤，膝盖地方只是被撕破了个口子。

秀男和爸爸重新骑上车。

"爸爸，你没事？"

"没事，回家贴个创可贴就行了。"

秀男看见殷红的血从爸爸胳膊肘一滴滴地滴在米黄色的长裤上，大腿处被染红了一片。

"爸爸，我们去医院吧！"

"不用——"

"爸爸，去医院吧，哪怕是消消毒也好啊！"秀男几乎是恳求地说道。

到了医院，爸爸和秀男都吓了一跳。

医生说，伤口很深，要缝四针才行。

秀男挂号，交费，取药，看着医生给爸爸打预防破伤风的针，看医生给爸爸缝伤口……

搀扶着爸爸走出医院的时候，爸爸摸着秀男的头说："秀男，爸爸这一切都为了谁呀？"

只这一句，秀男的泪水便止不住地流淌出来。

上幼儿园的时候，爸爸骑着自行车去送她。为了让女儿坐得舒服些，爸爸把自己的公文包放在大梁上，让她坐在上面。没有想到刚一出胡同口，女儿就和公文包一起滑了下来。爸爸和自行车摔倒在另一侧。秀男坐在地上大哭，不是因为自己疼，而是因为看见爸爸的腿被划破了皮……

上小学的时候，有一天，作业做到晚上十一点钟还没有做完，爸爸走过来摸着她的头问："功课还没做完呀?"

秀男哭了起来："手工还没有做呢!"

秀男说的"手工"是老师布置的家庭作业，要在一块毛毯上用彩色的毛线绣上一个卡通娃娃。不但没有做，连绣什么样的娃娃还没有想好呢!

"有毛毯了吗?"爸爸问。

秀男从书包里拿出一块有两张作业纸那么大的毛毯。

爸爸说："你睡觉吧! 爸爸来帮你做。"

秀男半夜醒来，看见爸爸正在给毛毯织穗子呢! 毛毯上已经绣好了一个光头的小男孩，小男孩的右上角还有一个光芒四射的红太阳……

今年寒假的时候，爸爸为她请了一个历史家庭教师。他不但和秀男一起去老师家，还和秀男一起听讲，一起记笔记。爸爸的笔记比女儿记得多，记得还更清楚。

爸爸这一切都是为了她呀! 爸爸今年四十五岁，已经有许多白头发了! 秀男多么希望学习成绩能提高啊! 似乎所有的家长对孩子的唯一希望就是希望他们学习好! 他们可以容忍孩子

所做的一切错事，就是不能容忍他们学习成绩不好！家长希望

孩子报答他们的唯一礼物就是学习好！

可是，秀男没有这样的礼物啊！

不可思议遇见你

蝉 为 谁 鸣

第八章

历史

　　秀男急匆匆地吃过晚饭，今天晚上她要去历史老师家里补课。每次都是爸爸陪着她去的，今天，爸爸在家里休息，秀男一个人骑上了自行车。

　　历史老师是个热心的老教师，每到考试的前夕，他就像历史文物那样珍贵。许多准备参加高考和中考的学生一个接一个来到他的家，弄得他没有片刻的休息。他视每一个前来补课的孩子都如同他的孙子或孙女一样，不但热心而且耐心，往往一说就是两三个小时。

　　补完课，秀男从老师的家里出来，已经是晚上十点多钟了。道路显得很开阔，只有稀稀落落的客人还坐在路边的饭馆里吃消夜。偶尔一辆汽车从身边开过，带起一阵只有秋天才能感受到的凉风。

秀男心里有点害怕，她把自行车骑得飞快。看着黑暗中静静地竖立在路旁的一排排槐树，她希望能够听到蝉声。她和赖小珠捉到的那只蝉不知道现在怎么样了，怕已经成歌星了吧？

终于，秀男听到不远的树上有只蝉叫了，不过只是那么不死不活地像说梦话似的哼哼了几下就安静了。天气不太热，蝉们可能就没有那么高的兴致了。

经过一个胡同的时候，一个骑自行车的人超过了秀男。他像喝醉了酒，在秀男的前边摇晃起来。秀男急忙放慢速度躲避着，可是却怎么也躲不开，最后那辆自行车把秀男的自行车卡在了路边。

车上的人是个男人。他根本没有醉，他转过头来嬉皮笑脸地说："小姑娘，这么晚，你去哪儿呀？"

秀男一时间呆住了，她没有明白眼前发生了什么事情。就在这时，她觉得有人从后边拽住了她的胳膊。秀男回头一看，大吃一惊！另一个男人不知道什么时候站在她的身后。

他的手里拿着一把水果刀："你要敢喊一声，就要你的命！"

秀男觉得浑身都僵住了。她想喊，但是张不开嘴，喊不出声，仿佛做噩梦一样。她唯一的感觉就是她的手触在自行车的车把上，冰凉冰凉的……

就在这时，路边的蝉突然叫了起来，几乎是全体发动，那声音嘹亮而激奋，仿佛在一齐呼喊："救人啊！快来人啊！快来救这个可怜的小姑娘啊！"

不是幻觉！两个流氓似乎也发现知了的叫声有些突然和反常，惊讶地抬起头看着路边的槐树。可是，拽着秀男的手仍然没有放松——他们不怕知了。

一个人突然从黑黢黢的胡同里跑出来。秀男一阵惊喜。当这个人站在秀男和流氓面前的时候，秀男惊呆了——原来是边域！他怎么会在这个时间、这个地点、这个危急的时刻出现呢？

因为激动，边域的脸色变得惨白："你们要干什么？"他的声音也因为激动而变得沙哑。

拽着秀男的手松开了，两个流氓绕过自行车向边域围过去。边域一步也没有退后，反而向前迈进一步。

两个流氓可能是太凶恶了，也可能是因为看见边域那文弱的中学生模样软弱可欺，他们喊道："你马上滚蛋，否则就要你的命——"

边域浑身发抖，不是因为害怕，而是因为愤怒。

他指着对方高喊着："你们马上滚蛋，否则就要你们的命！"

蝉们也在疯狂地叫着，仿佛是在给边域壮胆助威。

一个流氓从背后挥拳向边域的头上打去。边域没有防备，他朝前跟跄了两步，然后像个沙袋一样趴在地上。

"啊——"秀男惊叫起来。

边域从地上艰难地爬起来。他还没有站稳脚跟，脸上又挨了一拳。他又仰面倒在地上。他既不会打架也不会躲避，他只会一次次地被打倒，又一次次地爬起来……

"怎么样？还想再挨一拳吗？"一个流氓得意地狞笑着说。

边域再一次爬起来，努力挺起胸膛，站在秀男和流氓之间："除非你们把我打死，你们甭想欺侮这个女孩！"

蝉的叫声蔓延开来，仿佛所有树上的蝉都参加了，似乎要把整个沉睡的城市都唤醒。

两个流氓互相看了一眼："你小子这样不禁打，骨头还挺硬的。"

边域就这样执着地挺立着，眼睛里燃烧着灼人的火焰。

两个流氓走了。蝉们似乎稍稍安了心，叫声渐渐微弱下来。

边域仿佛是用尽了最后一点力气支撑着。现在他立足不稳，忽然歪倒在秀男的脚下。

秀男急忙蹲下来，搀扶起他。

边域眼睛里都是泪水："对不起，我这样无能，不会打架，没有出息，一点男子汉的气概也没有。多丢人呀！"

"不——"秀男哭着叫起来，"你是最勇敢的！"

秀男搀扶着边域向一家医院走去。

"你怎会突然到这儿来呢？"秀男问。

边域没有说话。

"你的家就住在附近吗？"秀男又问。

边域还是没有说话。

沉默了一会儿，边域突然说："关于我的事情，你不要和任何人说，好吗？"

秀男点点头。

"如果你说了，我会很快死去的。"

秀男大吃一惊："你说什么呢？我不明白！"

"将来你就会明白的。"路灯下，边域的脸就像一张白纸。

秀男搀扶着边域来到一家医院的急诊室。

躺在病床上，边域对秀男说："请你马上给我的家打个电话，就说我马上回家。"

"说你受伤的事吗？"

边域摇摇头："不说。"

秀男拿起电话号码跑到电话间。

电话里传来的是电话录音的声音："对不起，没有这个电话号码。"

秀男又重新拨了一遍。

"对不起，没有这个电话号码。"

秀男急忙跑回急诊室。病床上没有人了。

秀男急忙问值班医生："请问，病床上的人呢？"

医生从桌上拿起一支钢笔递给秀男："那个学生说他有急事必须马上走，他让我把这支钢笔交给你。"

"他那个样子怎么能走呢？"

"我也这么说，可他非要走不可！"

"您看他的伤势重吗？"

"还没来得及检查。"

秀男接过钢笔转身就往外跑，一边跑一边喊："边域——边域——"

秀男把急诊室的楼道找遍了，又跑到医院的大门口。大门外静悄悄的，一个人影也没有，只有秀男的自行车孤零零地靠在墙上。

秀男抬起头。今夜没有月亮，漆黑的夜空中繁星点点，无边无际。

坐在门外的台阶上，秀男无声地哭泣起来，她只觉得心里空空荡荡的不好受。

记得有一首诗，这样写道："你悄悄地走了，就像你悄悄地来一样……"

他为什么要这样不辞而别呢？

秀男忽然想起了，她的手里还紧紧攥着边域留给她的一支钢笔。这让她的心里稍稍好过一些。

星光下，钢笔发着一种乳白色的光晕，用了很长时间的样子。这支笔与其他钢笔有一点很不一样：其他的钢笔从上到下都是十分光滑的，而这支笔不但摸着有许多花纹，而且它的中间有一个"腰"，就像葫芦一样的凹槽，是不是为了系根丝线挂在脖子上用的？秀男不知道⋯⋯

　　他为什么要留下这支笔呢？是要做一个永久的纪念吗？想
到这儿，秀男又伤心起来。

不可思议遇见你

蝉为谁鸣

第九章

蝉翼

　　回到家，在灯光下，秀男仔细看着边域给她的钢笔。这支
钢笔的笔套很奇特，那是用刻刀雕成的一只瘦长的白色的蝉。
蝉突出的两只圆润光亮的黑眼睛栩栩如生，坚硬的脊背光滑而
晶莹。尤其是蝉的双翼，那是用极细的刻刀一丝丝地刻上去的，
不但纵横交错的纹路清晰可见，用手摸上去，还会出现抚摸真
正蝉翼的那种感觉……

　　拧开笔套，里面倒和其他钢笔没有什么区别。

　　这可能是边域的一个很有意义的纪念品吧！秀男想，他为
什么要送给我呢？想到这儿，秀男觉得脸在发烧。

　　真是奇怪呀！他为什么不看病就匆匆忙忙地走掉呢？是怕
给我添麻烦，还是怕没有钱付医疗费，或者怕别的什么？秀男
百思不得其解。

第二天，秀男带着那支笔来到学校。

课间的时候，她装做无意识地打开铅笔盒，偷偷看看那支钢笔。她眼前浮现出边域的样子，一会儿是他在"绿帆船"和她谈话的模样，一会儿是在秀男危难的时候，他挺身而出的那张激动愤怒的面孔……

秀男竭力让自己不再去想，但她总是控制不住自己。边域之所以给她留下这支钢笔就匆匆地走掉，一定是让她用这支笔安心而努力地学习。如果自己不好好学习，不但对不起父母，连边域也对不起了。她越想越清楚，边域留给她这支钢笔就是要告诉她，一心一意地学习！

中午放学的时候，秀男准备回家，脚步却不由自主地向另外一个方向走去。终于，她还是搭上了去华大附中的公共汽车。边域昨天为她受了伤，连治也没有治就走了。他现在怎么样？上没上药？是不是又发生了什么别的意外？秀男的心绪像长了草一样，怎么也放心不下。人家为了自己负了伤，去看一看，去关心一下，就是作为普通的同学也是应该的呀！自己如果连看都不看，也太不仗义了！

秀男今天走进华大附中校园的时候，已经没有前一次的惶恐了。她觉得她在做着一个正常的人应该做的正常的事情，每一个有良心的人都应该这么做。

她走进高二（六）班的教室。有几个同学正在吃午饭，有几个同学在看书，还有几个同学趴在桌上睡觉。

秀男走进门，问一个女同学，其实她是在问教室里的每一个同学："请问，边域今天来上课了吗？"

那个女同学仰起脸奇怪地反问秀男："边域？哪一个班的？"

"高二（六）班的。"秀男回答，她心里有点没底了。

"他就姓边吗？"

"对！边疆的边。"

"我们班根本没有姓边的，高二年级也没有姓边的。要不，你再到高三去打听打听？"那个女生很热心地说。

秀男的担心变成了现实，那一天的遭遇旧景重现。

一个男同学抬起头看见秀男："咦？前几天你不是来过一次吗？"

"是！我是来过。"秀男记起了，他就是那天冲出门外说俏皮话的那个男生。

"不是跟你说过没这么个人嘛……"

"他亲口说他是华大附中高二（六）班的。"秀男认真地解释说。

"啊！小姑娘，可千万不要上当受骗呀！他是不是借了你的钱……"

没等那个男生把话说完，秀男就急忙退出门去。

后来，她又来到了高三年级……

走出校园，秀男特意走到那天她买雪糕的摊位。她幻想着这时边域会出现在她面前——她明知道这是不太可能的，但她仍然站在那里等待着。

边域没有出现。

现在，秀男明白了，边域不是这个学校的学生。他告诉秀男的不是真实情况。早知道这样，昨天晚上问问他住在哪儿就好了。

下午第一节是历史课。

老师带着厚厚的一摞试卷走进教室。

老师什么也没说，将卷子分成六份，交给六个小组最前边的同学："往后传！"

大家拿到手里一看，才知道这是另外一个区——西城区的"一模"考试试卷。

老师站在讲台上："我们今天来做一做西城区的'一模'试卷。按咱们石工同学的说法，老师又要打枪了。其实这不是老师在打枪，这是同学们自己在打枪——看看你的子弹能打中几环?"

老师看着石工微微一笑："石工，我这么说也行吧?"

石工嘿嘿一笑："老师这样说就正确了。我那天发言是词不达意……"

全班同学一起笑起来。

老师接着说："我们也不记分，待会儿大家做完了，我公布标准答案，大家看看自己的薄弱环节。"

教室里响起了蚕吃桑叶般的"沙沙"声。

秀男灵机一动，她想试一试边域留下的那支钢笔。

笔在纸上轻轻画了一下，什么笔痕也没有留下——没有墨水了。秀男跟身后的石工要了墨水灌进钢笔里。就在这时，她感觉钢笔在她的手里微微颤动了一下。

秀男心中一抖，差点把钢笔掉到桌上。她把钢笔平放在桌上，仔细观察着钢笔，还用手轻轻地碰了几下。钢笔静静地躺在那里，没有任何动静。

赖小珠转过脸，奇怪地看着秀男："你干什么呢?"

秀男摇摇头，急忙把钢笔攥在手里："没什么。"

刚才，那可能是自己的错觉吧。

历史试卷的第一部分是判断题，只要在题目的后面画一个叉子（×）或者钩（√）就可以了。秀男每次做这种题的时候最头疼了——这些题目看起来很简单，只要用笔画上一下就行，可做起来却总觉得它们似对非对，很难下手。

秀男看看第一题，觉得对了，于是就想画个钩，没想到笔尖到了纸上却怎么也不出水！秀男把笔在一旁甩了甩，再去写，笔还是不出水。就在这时，秀男忽然觉得这道题的答案有可能不对，于是又用笔在纸上画个叉。没想到画叉的时候，这钢笔却变得非常的流畅。

秀男觉得好生奇怪。就这样一路做下去，有时候画叉不出水，秀男就改画钩。如果画钩的时候不出水，秀男就改画叉。

第一部分判断题就这样做完了，说是秀男独立做的也可以，说是秀男在钢笔的"参谋"下做的，似乎更确切一些。

　　如果光是以钢笔出水或不出水就决定答案的对错，那就太可笑了。秀男又回头检查了一遍，发现目前的判断都是有道理的。

　　在做其他题目的时候，秀男发现这钢笔经常和她捣乱。有时候，钢笔非常顺从地按照秀男的想法写下去。可有的时候，钢笔就很不听话，秀男甚至感觉到有一只无形的手在和她的手较劲儿，钢笔尖在纸上滑动非常的困难，字写出来歪歪扭扭，或者就干脆不出水。

　　秀男越来越觉得奇怪。每每这个时候，秀男就不得不停下笔想一会儿。往往在这个时候，她发现答案有些不妥当。当她选择另外答案的时候，钢笔才又变得流畅起来。

　　秀男头上出汗了。她几次想不用这支笔，可是强烈的好奇心又让她舍不得放下这支笔。反正也不是正式考试，把这张卷子答完了再说。就这样，秀男的手在和钢笔的"合作"与"斗争"中勉强答完了试卷。

　　离下课还有五分钟的时候，历史老师在讲台上庄严地宣布："好！大家都停下笔。没有做完的请举手！"

　　没有人举手。

"好！我现在来宣布标准答案。大家不要涂改已经做过的答案，在一旁写上正确的答案，最好用红色的笔，这样你将来就知道自己错误在什么地方。"

老师宣布第一部分题目答案的时候，秀男很惊讶，一共三十个小题目，她全部判断正确。这是从来没有过的事情。

秀男大吃一惊！钢笔刚才在秀男判断失误的时候不出水，绝不是偶然的！

老师接着念下去。秀男发现，凡是她刚才与钢笔较劲儿的时候，字写得歪歪扭扭的时候，都是答错的地方或者是不妥当的地方。

幸亏大部分地方又经过重新思索得到改正，那些秀男坚决不改的几个地方都错了。

按照卷面的评分标准算下来，秀男得90分，这个分数全班只有三个人，而90分以上的只有高珊珊一个人。也就是说高珊珊全班第一，秀男与另外两个同学并列全班第二。

虽然这个分数只是自己计算，而且也不受任何人的重视，可秀男却又惊又喜。她明白这个分数不是自己真正的水平，可是她高兴的是得到了一支神奇的笔。

说它神奇，不光是因为它帮助秀男取得了好成绩，这支笔还会以它独特的方式帮助秀男思考问题。

秀男紧紧地把钢笔贴在自己的脸颊上，用手抚摩着那钢笔套上的蝉翼。

边域送给她的是多么神奇的一支笔呀！

从此，在秀男心中便埋藏下一个巨大的秘密。在拥有这秘密的同时，秀男也产生了一个巨大的谜团：边域到底是什么人啊？

与其说钢笔神奇，不如说是那个边域神奇！

第十章　战火

秀男晚上复习功课的时候，爸爸妈妈经常要走到她的房间里来，关心地询问："秀男，有什么问题吗？"

"没问题。"秀男总是这样回答。

可是爸爸妈妈却不放心。他们认为总提不出问题的孩子太让人担心了，尤其是秀男这样学习成绩不好的孩子。提不出问题，这是一种不会动脑筋的表现。

秀男也想提问题，可是不知道为什么，看书的时候总觉得挺明白的，可是一到考试又发现书本上的知识她根本没弄懂。

有些问题她想问，可又怕爸爸妈妈说："这么简单的问题还不会？"

秀男总盼着自己能够提出问题而且又由自己来解答，可是，她却怎么也做不到。久而久之，秀男越来越提不出问题，学习成绩总提高不了。

今天晚上，秀男握着那支钢笔做数学习题，心里非常兴奋。如果按照今天下午做试卷时候的情况，只要她做错了，钢笔就要和她"较劲儿"。一较劲儿，她就知道要慎重考虑了。这是一个随时在她身边的，不用任何对话就能提醒她的"家庭教师"。

秀男做题的速度明显地变慢了，钢笔总是和她作对。好像故意捣乱一样，这样做不出水，那样做也不出水。思考半天，才勉强做出一道题。秀男真想换上她以前的钢笔，可是想想，边域的钢笔是"为她好"，也就这样咬着牙，磕磕绊绊地做下去。

时间飞快地流逝，转眼已经到了晚上十点半，四门功课的作业，光是数学一门她都没有做完。

爸爸走进门："秀男，有什么问题吗?"

"没有。"

"老没问题可不是好事情呀!"爸爸忧心忡忡地说。

"真的没有。"

"还有多少作业呀?"爸爸又关心地问。

"还有好多呢!"秀男想起了小时候爸爸深夜帮她绣小卡通

人的情景。

上了中学可不比小学了，再没有绣小人的那种可以让别人帮助完成的作业了。现在的作业如果让爸爸帮助做，以爸爸的水平，半小时内全都可以完成。对于爸爸来说，这比绣小人可要轻松多了。可是不行啊，爸爸现在替她来做，考试的时候怎么办啊？

爸爸没有走，他站在秀男的身后，无可奈何地叹了口气，那叹息很长很深。

秀男觉得那叹息就像一根针，深深地刺在她的心上。爸爸想帮她，但是却使不上劲儿。秀男回头看看爸爸，爸爸额头上的皱纹明显地增多了，眉头紧紧皱在一起，几根稀稀疏疏的白头发也从两鬓顽强地探出身来。

"爸爸，你去睡觉吧！"

"把你做的数学题给我看看。"爸爸终于想起了能给女儿出点力帮点忙的办法。

秀男把做好的两页纸递到爸爸手里。

爸爸坐在秀男的床上仔细地看了起来。那里的光线太暗，秀男把台灯的灯罩转了一个角度。

爸爸连忙把灯罩又恢复到原来的位置："不用！不用！我看得清。"

秀男最怕爸爸坐在她的身边检查她的作业了。

这个时候，秀男的心就提到嗓子眼儿，因为不知道什么时候爸爸就会突然说："秀男，停一下，你看这道题你是怎么搞的！"

这个时候，爸爸就会突然变得十分的急躁，嗓门也提高了八度。他越说越激动，不光说这道题，还要说到其他的题，然后联想到秀男的学习方法和学习态度，甚至联想到和题目毫无关系的事情。

每到这个时候，秀男就小声地说："爸！快点行吗？"

爸爸更激动了："快点？能快吗？我不和你说清楚，你这道题暂时改对了，下次碰到别的题，你还会出同样的错误。你要是不出错误，我能说这么多吗？"

秀男只好听爸爸把话说完，往往一道题上就要耽误半个小时。

可是话又说回来，秀男也不争气，每次检查作业的时候，至少要有一个错误被爸爸抓住。除了纠正题目的错误之外，秀男还要受到训斥。大人们不知道，考试和做作业也需要一个舒畅的好心情，本来还算平和的心态，全部都给破坏了，一晚上的心情都是别别扭扭的。

"秀男，你停一下。"爸爸说。

秀男的心又"腾"的一下像打了个结。她转过脸，看见爸爸的眼里带着欣喜的神色。

"秀男，这都是你刚才做的吗？"爸爸捏着两页纸的手抖了抖。

"是。"

"都是自己做的吗？抄没抄参考书？"

"没有。"

"不错，很不错，全都对了！如果这样做，慢点也不要紧，做一道就要对一道！"爸爸竭力让自己的语言平静，但秀男看见爸爸的脸上洋溢着那种发自内心的喜悦。

秀男一阵兴奋，她感到了一种思索的快感和满足，只觉得身上的倦怠一扫而光。

爸爸抚摸着秀男的头："抓紧时间，早点睡觉！"

"我不困，爸爸你去睡觉吧！"秀男答道。

爸爸微笑着正要离开，忽然看见秀男手中的钢笔。

"秀男，这钢笔是哪儿来的?"

秀男愣了一下，她没有料到爸爸会忽然问起钢笔。因为家里的钢笔、圆珠笔太多了，多一支少一支，根本没有人关心。

"嗯，嗯，向同学借的。"

"自己有那么多笔，怎么还向同学借?"爸爸已经把钢笔拿在手里。

"上课……考试的时候没墨水了，就借了，忘了还给人家了。"

爸爸把钢笔凑到灯下，仔细看着上面那蝉的花纹，自言自语地说："挺好看的……怎么看着这么眼熟……好像在哪儿见过。"

"你在哪儿见过?"秀男急忙问。

爸爸摇摇头："想不起来了。好吧，你做功课吧! 一定要认真思考，以后做题目的时候都要像今天这样。"

"嗯。"

这一天，秀男复习功课一直到了凌晨一点钟。她虽然累，但感觉挺有意思的。

上早自习的时候，教务主任走进教室。教务主任很少到班上来，再看他一脸严肃的样子，大家知道一定有什么重要的事情，可能是通知中考的时间或者是报考志愿的事情。

教务主任站在讲台上沉痛地说："同学们，跟你们说一件不幸的事情，你们数学老师病了，得了很重的病，昨天住进了医院，可能不能再给你们上课了。"

全班同学都愣住了。这个消息太突然了，就在昨天上午，数学老师还在给大家上课。

秀男心里非常难过。她的眼前立刻浮现出数学老师的样子。她挺年轻的，可能刚到四十岁，待人非常和气。她不但热情，而且非常认真。她戴一副眼镜，每当非常气愤的时候，她就习惯地把眼镜摘下来，指着那个让她着急的同学说："你可要把我气死了！"

秀男忍不住流下了眼泪。

就在这时，她听见侯大明声音不大不小地说："早不病，晚不病，怎么这个时候生病呀！我们的数学怎么办？"

教务主任可能没听清侯大明在说什么，也可能是认为侯大明已经到了不可理喻的程度。他接着说："一位新的数学老师待会儿就来，我希望大家能配合好新老师的工作。"

教务主任走出教室。

大家开始议论纷纷，但没有人指责刚才侯大明说的话。

秀男心里除了伤心外又多了一阵寒心。

赖小珠悄悄地对秀男说："我们今天放学以后到医院去看看老师，好吗？"

秀男点点头，心里很感动。

过了大约几分钟的样子，大家似乎把数学老师给忘了。学习好的同学大声说着昨天他们看到的电视剧里的故事和主人公，有的说起电脑，有的又说起在网上和什么陌生人交朋友。

秀男暗暗奇怪，这些同学怎么会有这么多的时间在这关键的时候做课外的事情？这些事情她连想也不敢想。

侯大明最兴奋："我在网上化名叫倩倩。有一个家伙以为我是女的，在网上给我写信，说要把我们的友谊再向前发展一步。哈哈哈……你们说逗不逗？"

石工突然对侯大明说："那个家伙没准是个大坏蛋呢！"

周围的同学大笑起来。

侯大明不满地瞥了石工一眼："石工同学，懂不懂什么叫上网啊！你还是先把你的功课搞上去好不好呀！你现在还没有资格说上网!"

石工一点也不着急，还是一副笑眯眯的样子："我不懂得什么叫上网，可我知道上网得用电脑，你们家连电脑都没有，你上什么网呀! 还因特网呢! 是渔网吧?"

侯大明的脸顿时涨红了。同学们也不笑了，大家听得出这已经不是玩笑。

教室里的空气顿时凝固起来。大家静静地看着事态的发展。

果然，侯大明激动地大声吼叫起来："你怎么知道我们家没电脑? 你怎么知道我们家没电脑? 你这是恶毒攻击，你是看着别人眼红!"

"谁没有电脑谁心里知道。"石工冷冷地说。

"你瞎说!"

石工不再说话。他认为他的任务完成了，就好像是在一场战争里，他就负责扔炸弹，炸弹扔完了，他就休息了，任凭周围硝烟弥漫，炮声隆隆……

侯大明是这样一个人——论学习成绩，在先进里面他是落后的，在落后的里面他又是先进的。要论见多识广在班上属第一，这个世界似乎没有他不知道的事情。不过有一点，他怎么说，你就怎么听，千万不要认真。

他喜欢吹牛。别人穿了什么名牌，他马上会说，他们家里也有，只是没穿来。别人的家长是什么专家教授，他就必定能找出自己的伯伯或舅舅也是专家教授。人家要说得了什么埃菲尔数学奖，他就说他的亲戚得了诺贝尔奖里根本不存在的数学奖。

吵架已经到了无聊的阶段，侯大明这时候就是浑身都长了嘴，也说不清他们家里到底有没有电脑。

秀男觉得侯大明很可怜，她觉得石工太过分。

她转过脸问石工："你怎么知道他们家没电脑？"

石工小声说："我根本不知道，我就是治治他这种没情没义的人。数学老师在的时候，他天天跟在老师屁股后边转，数学老师病了，他居然说那种混账话！"

秀男明白了石工今天为什么这样"恶毒"。

新的数学老师由刘老师陪着走进教室，刚才的战火才暂时平息下来。

第十一章

新老师

新老师是个中年男子，自称姓"新"。

大家心中一动，新来的老师姓新，有点意思。

新老师说："我是'辛苦'的'辛'，而不是'新旧'的'新'，我现在担任你们的数学老师。大战前夕，咱们废话少说，马上投入战斗！"

辛老师是个干脆利索的人，因为在学校里从来没有见过，大家断定他是从别的学校调来的老师。还来不及估计他的学历和学识，辛老师已经在黑板上写下了两道数学题。

"这两道数学题不难也不太容易。大家先思索两分钟，然后找一个同学到黑板上来演算！"

许多同学连忙拿起草稿纸演算起来。

"好！现在我们找一个同学到黑板上来！"辛老师用粉笔把

黑板敲得"当当"响。

没有人举手。老师看着讲台上的座位表叫道："高珊珊同学来回答。"

他这一叫，同学们就明白了，这老师虽然刚刚来到这个学校，但他对学生的成绩已经了解过了，要不，他怎么一下子就叫了高珊珊呢？

"哟——"高珊珊轻轻地叫了一声。

每当老师叫她回答问题的时候，她都要"哟"上一声，以表明这是出乎她的意料之外的，而且还表现出有点不自信的样子。其实，她早已是胸有成竹。

高珊珊果然没有辜负辛老师的希望。她在黑板上静默了几秒钟，然后很流畅地就把第一道题做完了。

辛老师满意地说："好！很好！下面我们再找一位同学来做第二道题。请楚秀男同学到前面来！"

"噢——"全班同学情不自禁地"噢"了一声，有人就在下面窃窃私语起来。

了解秀男的老师们在这种场合从来是不叫秀男他们几个的。叫了他们，除了不会做，耽误大家的时间，而且让本人也觉得很尴尬。

这辛老师果然是新来的老师，他只知其一不知其二。他光知道谁学习好，可不知道谁学习不好。

大家的目光一齐集中在秀男的身上。

秀男正在埋头用她的"蝉钢笔"做第二道题。对于老师的点名和同学们的目光，她浑然不觉。因为已经习惯了，在这种时候，老师从来也不会叫她和赖小珠的。

赖小珠捅捅秀男的胳膊："秀男，老师叫你呢！"

秀男连忙抬起头，看见了老师和同学们的目光，慌忙说："我还没有做完呢。"

辛老师固执地认准了秀男："到黑板上来做是一样的。"

就在这千钧一发的时刻，秀男感觉钢笔在她的手里动了一下。秀男急忙握住笔，不让它从手里掉下来。钢笔又动了一下，秀男心中一惊。她轻轻地扶着钢笔，就让钢笔自由地在纸上书写起来。神差鬼使一般，秀男飞快地把第二题的最后几行算式写完，钢笔也一动不动了。

在这不到半分钟的时间里，老师笑眯眯地等着她。而全班同学都认为秀男是在那里装模作样。不会做就说不会做吧！还在新老师跟前死要面子。

"做完了吗?"辛老师看见秀男停住了笔。

秀男点点头,拿着草稿纸站了起来。

秀男用粉笔把草稿上的算式抄到了黑板上。

还没等秀男写完,辛老师就情不自禁地拍起巴掌来:"很好!非常好!我没有想到你们班的水平这样高。我随便叫了两个同学就这么棒……"

同学们已经不再注意辛老师说什么了,他们目不转睛地目送着秀男从黑板走到自己的座位上。太让人惊讶了!楚秀男同学吃了什么灵丹妙药,脑子一下子变得这样聪明起来了?

只有石工一个人响应辛老师的赞扬,鼓着掌把秀男迎接到座位上。

辛老师看着同学们的目光,以为这是这个班同学独有的幽默。他们是以这样的方式对同学的成绩表示赞誉。

秀男默默地坐到座位上。这时候,她才完完全全地相信,边域留给她的这支笔是个充满灵性的东西。与其说它是支笔,不如说它是一个生物。这一刻,秀男突然害怕起来,她无法承受这突如其来的、神秘的、让人根本无法相信的"礼物"。

秀男抬起头，她看见高珊珊的眼睛，那目光表达的是一种秀男从来没有见过的东西。那目光不像以前那样宽容、那样和善了。

秀男不由自主地拿起这支笔，她不知道这支笔将给她带来幸福还是灾难。可是此刻，秀男已经别无选择。现在，她非常非常想知道这笔的秘密！

"秀男，你怎么啦?"耳边传来赖小珠的声音。

秀男从思考中清醒过来，忙说："没什么。"

"你今天真棒！我真不敢相信。"

"我自己也不敢相信。"秀男喃喃地说。

赖小珠一眼看见了秀男的新钢笔，伸手就来秀男手里拿："没见过你使过这支钢笔呀！给我看看。"

"我们家原来就有的。"秀男撒了个谎，不情愿地把钢笔交给赖小珠。

"这不是个知了吗？哟！还挺漂亮的！"赖小珠抚摸着钢笔上的花纹。

"快听讲吧！老师正看着咱们呢！"秀男顺手把钢笔夺了回来。

放学后，秀男再一次来到华大附中的门口。她希望在这里见到边域。

一直等到快吃晚饭的时候，她才怏怏地回了家。

一个星期过去了，又到了去历史老师家补课的时候。

晚上十点多钟，就是那天边域匆匆离开她的那个时间，秀男又来到了那家医院的门口。她再次幻想着边域会在这里出现。半个小时过去了，连边域的影子也没有看见。

秀男朝着空旷的门口大声呼唤着："边域——你在哪儿？边域——你在哪儿？"

听见秀男的喊声，医院传达室里的老大爷跑出来。看见秀男，他吓了一大跳。

"姑娘，你在这儿找谁呢？"

秀男视而不见，还在大声喊着。老大爷奇怪了，他觉得这姑娘精神有点不正常。

他朝着秀男大声叫道："姑娘，天都黑了，快回家吧！"

秀男如梦方醒，这才发现自己正在做着一件非常愚蠢的事情。她急忙向门外跑去。

背后传来老大爷不满的唠叨："这孩子准是受刺激了，家里也没有个人跟着！"

秀男走近自己家门口的时候，远远地看见路灯下站着爸爸和妈妈。秀男急忙跑了过去。

看见秀男跑过来，妈妈生气地大声叫道："你到哪儿去了？让我们到处找你！"

"不是到历史老师家去了嘛。"

"老师来电话说你早已经回来了！"

"总也等不到车！"

"怎么不骑自行车？"

"骑车不安全。"

虽然上次补课遇险的事情秀男没有和父母说，但现在妈妈听她说得有道理，也就松了一口气。

"快回家吧！家里还有人等你！"爸爸说。

"有人等我？"秀男觉得很奇怪。

赖小珠和她的爸爸坐在秀男家的客厅里。看见秀男走进来，赖小珠的爸爸急忙从座位上站起来，连连招呼说："回来啦！回来啦！"

赖小珠的爸爸不但态度谦虚和蔼，而且长得也十分面善。

如果单看他表面的样子，秀男怎么也不会想到他脾气那么粗暴，甚至会打赖小珠。

秀男急忙走上前拉着赖小珠的手："你怎么来啦？"

赖小珠朝自己的爸爸看了看。

"什么时候来的？"

妈妈说："人家吃过晚饭就来了，一直等你到现在。"

赖小珠的爸爸连连摆手："没关系，没关系，刚才我们还到外面转了一圈，在商店给小珠买了点东西。没关系！没关系！"

"快坐下吧！人家有话要问你。"妈妈对秀男说。

秀男坐在椅子上，看见大家的目光都在看着她，心里变得非常紧张。她不知道发生了什么重大的事情。

"是这样的，"赖小珠的爸爸不停地搓着双手，"听说最近秀男的学习成绩提高得很快。秀男和我们小珠又是特别好的朋友，小珠总在我跟前提到你。我这个人不会说话，有什么我就说什么。秀男原来和我们小珠的成绩差不多，现在成绩这么好，一定有我们小珠能学习的地方。你要让我们学高珊珊，我们学不了，基础不一样嘛！可是秀男的经验和学习方法没准小珠就能学！我今天来就是想让秀男给小珠点帮助，介绍介绍经验。"

虽然时间这么晚了，但秀男的爸爸妈妈却一点也不烦躁。当赖小珠的爸爸一来到他们家，说起来意的时候，他们心里就感到由衷的高兴。秀男从来都是要向别人学习的，而现在她居然成了别人要学习的榜样，而且是在学习上。虽然这些天，他们也隐隐约约地觉得秀男有些变化，学习有点"上路"，可是这样肯定的说法还是第一次听到。现在，他们也想听听秀男是怎么回事。

秀男不自然地笑了笑，一时不知道说什么好。要说学习成绩没有提高，这不是事实。可是要说起经验，别人怎么学呢？说她有一支钢笔，有了这支钢笔问题就全都解决了？她不想说，也没有办法说。这些日子里，秀男总有一种像在做梦的感觉，迷迷糊糊的，蒙蒙眬眬的。何况，今天赖小珠带着爸爸突然来到她家，她没有任何的思想准备。说真的，连她自己还没有弄清楚，这到底是怎么回事。

"秀男，说话呀！人家叔叔大老远地来，你和小珠又是好朋友。"妈妈着急了。

屋里出现了让人难耐的沉默。

"学习好了也不是挺容易的事情，秀男学习好了，我们小珠也挺替秀男高兴的，可是小珠的成绩还是老样子，一点长进也没有。"

听了赖小珠爸爸的话，秀男心里很难过，她是一个愿意帮助别人的人，可她实在是不知道怎么办。

她终于憋不住了："叔叔，一句话两句话说不清……我跟赖小珠是好朋友，我肯定会用最大的力量帮她。具体的事，我们到班上再说，行吗？"

赖小珠的爸爸连连点头："成！成！有你这句话我就放心了。谢谢你啊！"

第十二章

笨鸟和凤凰

　　从数学课新老师来的那天起，秀男的学习成绩开始突飞猛进地上升了。最初，只是秀男自己心里的感觉，然后就成为班上有目共睹的事实，再后来这已经成了班上以至整个年级的公众话题。

　　老师们再谈起学习好的同学时，除了要说起高珊珊，必定还要说起楚秀男。高珊珊的学习一贯很好，顺理成章，而秀男的学习好却有着相当大的新闻性。

　　秀男学习成绩的提高在老师的心目中简直就是一个奇迹。她的进步所产生的价值不是一个人的，她的进步对许多落后的同学有着相当大的鼓励作用。因此，学校对秀男的重视和研究远远要超过对高珊珊的重视。

　　秀男在班上的位置发生了明显的变化。同学们的目光里不再是那种同情加可怜的神态，而是变成了钦佩和仰慕。

秀男不再是那"笨鸟先飞"中的笨鸟，而是那"十年不鸣，一鸣惊人"的凤凰。

初三年级落后的同学真的从秀男的进步中受到了巨大的鼓舞，大家感到精神为之一振，那种随波逐流、破罐破摔的消极情绪也渐渐开始消融。

在这所有的变化中，变化最大的还是秀男。她感到了一种从来没有体验过的自信开始在心中燃烧起来，她突然发现学习不光是一件艰苦的事情，而且是一件很有乐趣的事情。

"学习方法再多再好也没有用，人的学习讲的就是一个悟性。楚秀男在关键时刻，悟出了学习的道理！"一位老教师这样评价秀男。

"您说的也不全对！楚秀男还是一个学习非常用功的学生，她的进步是一个从量变到质变的过程！"校长这样总结秀男的进步。

老教师急忙补充说："我就是这个意思，质变的过程就是她'悟'的过程！"

校长说："我们在全年级开个会，让她在会上讲一讲，怎么样？"

老教师说："悟性是非常个人的事情，而且是只能意会不能言传的事情。她就是想讲也讲不出来。"

果然不出老教师所料，秀男死活不肯发言。

就在校长百思不得其解的时候，他收到了一封没有署名的来信。

校长：

您好！

我向您反映一件事情。

楚秀男的学习成绩是不真实的，说严重一些，她这纯属是一种作弊行为。

她的所有好成绩都要依赖她的钢笔，据我的估计，她的钢笔是一个非常精密的仪器，它能给楚秀男提供所有题目的正确答案。希望校长调查一下。

一个说真话的同学

看着这封信，校长觉得非常奇怪。一支钢笔怎么会有这么大的作用呢？真是无稽之谈！这恐怕是哪个嫉妒的女孩子或者是喜欢想入非非的男孩子的恶作剧。可是，强烈的好奇心又让他想看看楚秀男的那支钢笔。

秀男正在上物理课。

班主任刘老师把她叫到了校长办公室。

"带着钢笔吗？"

"带着了。"秀男不明白为什么老师这样关心她的钢笔。

校长室里坐着校长、教导主任，加上刘老师一共三个人坐在秀男的对面，好像要考试的样子。

校长和蔼地问："上什么课呢？"

"物理。"秀男心里有点发毛，不知道上着课把她叫出来干什么。

"复习哪部分呢？"

"电学。"

校长原来是教物理的，他从书架上拿出一本习题集，翻了翻指着其中一道题对秀男说："把这道题解一下好吗？我们想看看你的水平！"

秀男看了看这道题目，不难。前天她刚刚做过的。于是拿出钢笔在纸上很快地做完了。

校长又拿过一张纸和一支笔："再做一遍好吗？"

秀男不明白校长为什么让她再做一遍，可还是很快地做完了。

校长指着习题集上的另一个题目说："希望你能把它做出来！"

秀男看看这道题，比刚才的难一些，看着有点眼熟，但没有太大的把握。想想有钢笔的帮助，于是按照她的思路开始下笔。

钢笔不出水。

秀男换了个想法，钢笔还是不出水。秀男奇怪了，莫非这道题连钢笔也不会做？

秀男抬起头对校长说："对不起，这道题我不会做！"

校长又拿过刚才的笔和纸："用这支笔试一试？"

秀男摇摇头："换了纸笔也不会做呀！"

校长笑笑，不再勉强。

校长装做无意的样子说："楚秀男，你的钢笔挺好看的，给我看看。"

秀男把钢笔递上去。只见校长一面不停地称赞，一边把钢笔拧开。吸水的笔囊露出来了。校长走到窗前对着阳光仔细"研究"，教导主任和刘老师也凑过去跟着查看。

秀男猛的一下明白了。校长在怀疑她的钢笔。刚才的题目不是钢笔不会做，而是它不想做。万一做出来了，校长又给她另外的纸笔，秀男做不出来，钢笔的秘密就暴露了。

秀男只觉得心中怦怦乱跳。

"是支很正常的钢笔嘛!"校长把钢笔还给秀男，又说了些鼓励的话，让秀男回到教室继续上课。

秀男长长地出了一口气。

走进教室的时候，她突然发现了高珊珊异样的目光。

秀男的心一下子又揪紧了。

在这个班上，注意秀男钢笔的还有一个人，那就是石工。他出生在一个专门从事金石艺术的家庭，家中的各种玉雕、图章、字画使他从小就对这些东西有着浓厚的兴趣。秀男那支钢笔的外表首先引起他的注意。

下课了。石工对秀男说："嘿! 把你的钢笔给我看看。"

"干什么?"秀男愣了一下，不由得警惕起来。

这些天，怎么这么多人注意她的钢笔！

"哟！干吗那么紧张，我又不要你的。"

秀男不太情愿地把笔递到石工手上："小心点啊！"

石工有些奇怪地看着秀男："你怎么啦？不就是一支钢笔吗？"

石工的第一个感觉就是这支笔有点"压手"，又有点"凉"，凭他的感觉这不像是塑料制品。会不会是金属的呢？从外表的光泽和雕刻的图案来看，绝对不是！很可能是用石头雕刻而成。如果是石头，那可不是一般的石头。

石工知道，一般的石头是经不住这样雕刻的，起码也要是能够用来刻图章的石头——石质不但要有一定的硬度，而且要细密。许多石头硬倒是很硬，但是很"脆"，有些石头"细密"倒是"细密"了，但软得像木头，也不行！

石工仔细地抚摸和观察着那白色的蝉的脊背和那双黑亮的眼睛。那晶莹剔透的色泽和生动的造型真是让石工爱不释手。以前他只是从远处看见钢笔的轮廓，等到拿到手里仔细地观看，才发现这支钢笔不同寻常。那双黑眼睛不像是镶嵌上去的，很可能就是石头天然形成的，然后又经过能工巧匠的加工，才有这样令人惊异的效果。

石头不论是怎样打磨，也不会有这样柔和的光泽！

一瞬间，石工突然想到，这可能是一块玉石制成的。因为如果是玻璃做的，那光线就会显得很"贼"，贼亮贼亮的。

如果眼前看到的不是一支钢笔而是一支毛笔，石工会认为这是一件出土文物。可惜，钢笔没有那么长的历史，还没有资格出土当文物。

石工想带回家给他爷爷看看，看看这钢笔是由什么材料做的。如果是玻璃的，那就属于一般的"料器"；如果是玉石，那可真是个宝贝。

石工也不由得小心翼翼起来。"秀男，把这支笔借给我带回家行吗，明天早晨还给你。"

"不行！"秀男伸手把钢笔拿了回来。

"我保证不给你弄坏！完璧归赵！"石工恳求说。

"那也不行！"

石工有点急了："要不！你今天跟我回家一趟，让我爷爷看看。钢笔由你亲自押送。"

秀男轻轻但坚定地摇摇头。

这个时候，他们周围已经围满了同学，大家一齐起哄："秀男，什么笔那么宝贝呀？怎么那么小气呀？人家石工对你不错。我要是你，看见人家这么喜欢，早就赠送了。"

秀男默默地将钢笔放进衣服口袋。

石工的目光暗淡了。他万万没有想到，他会遭到秀男这样的对待，他觉得自尊心受到了伤害。

他像是在自言自语："唉！真是一阔脸就变呀！"

秀男明白石工话中的含意。可是这支笔，她怎么能借给别人呢？倒不是自私，这是她多么心爱的东西啊！她心里觉得很苦，但她有苦说不出来。

赖小珠突然从座位上站起来，打抱不平地说："你们这是干吗呀？人家的笔人家有权力支配，不借就是小气呀？你们这是故意给人出难题，这叫强人所难！"

高珊珊冷笑着说："你的学习又没有秀男那么突飞猛进，你神气什么呀！"

秀男抬起头，使劲盯着高珊珊的眼睛。高珊珊平常是不这样说话的，不知今天为什么变得这样尖刻。她突然想起了有一天，爸爸对妈妈偶尔说起的一句话——嫉妒也是能源，一种很强大的能源！

两个人就这样对视着，谁也不肯转过头，谁也不肯垂下眼皮！

秀男突然想起了上小学的时候，同学们经常做的一个游戏——两个人互相看着，谁也不许眨巴眼儿，谁也不许笑，两个人都要使劲憋着。谁要是先笑了，谁就输了。现在长大了，也是这样互相瞪着，可是就是让你笑，怎么笑得出来？

石工不愧是石工，他忽然挥挥手："这是干什么？我刚才是开玩笑，大家不要伤了和气。"

大家这才回到自己的座位上，可心里都觉得不是滋味。

不可思议遇见你

蝉为谁鸣

第十三章

市场信息

第一次模拟考试的硝烟还没有散尽，第二次模拟考试的战斗又要打响了。就在学生们紧张备战的时候，学校的校长和主任们也在费尽心思，紧锣密鼓地筹划着学校的未来。

一个中学要想在众多的学校中名列前茅，除了师资力量强大之外，优秀的学生来源也是至关重要的，从某种意义来说，它对一个学校起着决定性的作用。

对优秀初中生的竞争，是保证高中学生质量的关键！

因此，必须采取积极的措施，在初中报考高中的时候，把优秀的学生留在本校高中！

就在"二模"考试前三天，校长召集全体初三年级的学生和家长一起开会。

"我们学校的教学质量是相当高的，我们决定，这次'二模'考试成绩在前一百名的同学，我们将保送直升本校高中，不管他们将来在全市升学考试中的成绩如何！"校长信誓旦旦地说。

他的话音刚一落地，全场就响起一片议论声。除了那些死心塌地想报考华大附中的学生和他们的家长无动于衷外，大部分家长和学生们一致拥护，因为这无疑是给了他们一次重要的机会。

一个家长忍不住站起来："那，我们就不能报考其他的学校啦？"

校长宽容地微笑着说："大家不要误会，即便是前一百名的同学，如果学生想要报考其他的学校，我们还是尊重本人的意愿。"

又一个家长站起来："如果我们的孩子考到第一百零一名呢？"

校长又笑了笑："如果在本市平衡下来，这成绩确属上乘，我们也要保送他上本校高中，没准我们要保送一百五十名。这一切要等考试之后决定。"

台下响起一片热烈的掌声。

◇◇◇◇◇◇◇◇

大会过后，"二模"考试的重要性比以前又增大了一倍。好处是不言而喻的，它等于给学习好的同学上了双保险，而给学习落后的同学又多创造了一个冲刺的机会。

放学的路上，赖小珠和秀男又走到了那棵她们发现知了猴的大树下。

秀男望着树梢说："那天咱们捡的知了猴也不知道怎么样了？"

"嗨！人家爬到树梢上去唱歌了，早把咱们给忘了！"赖小珠有些哀怨地说。

秀男听出赖小珠话中有话，于是拍着赖小珠的肩膀："你怎么啦？"

"秀男你学习好了，你也不理我了。"赖小珠说。

"怎么不理你啦？咱们不是还和以前一样好吗？"秀男惊讶地问。

赖小珠捉住秀男的手："你得帮帮我呀！"

"帮你什么呀？"

"你告诉我，有什么好办法吗？"

秀男没有说话。自从那天赖小珠和她爸爸一起来到她们家，秀男就感到了一种巨大的压力。

这种压力一直到现在也没有减轻过，不但没有减轻，而且越来越沉重。正像赖小珠的爸爸说的，她们原来学习成绩都不好，现在自己的学习一下子好了起来，就好像突然背叛了朋友似的。如果是高珊珊学习成绩不好，和她一点关系都没有，可，这是赖小珠呀！一种莫名的歉疚一直让秀男感到不安。现在赖小珠正面提出来，真是不知道怎么回答才好。

她怎么帮助赖小珠呢？她怎么能告诉她有一支能帮助她思考的神奇的钢笔呢？边域的嘱咐一直响起在她的耳边，她不敢说出关于边域的一切。

"你怎么不说话？"赖小珠看着呆呆站在一旁的秀男。

"我真的不知道怎么帮助你。"秀男痛苦地说。

"你学习怎么突然变好的呢？"

"就是……就是……我觉得我比以前爱思考了，做一道题想半天……对了错，错了又对……慢慢就会了……以后错误就少了……"

"这谁不知道呀！"

"我真的不知道再说什么好了。"

两个人于是没有了话。

她们就这样默默地走到分手的地方。三年来，她们第一次觉得这段路是那样的长。

班长侯大明放学以后，从来不马上回家。他既不是参加体育锻炼，也不是参加业余学习。他习惯到离学校不远的市场去逛上一会儿。

那个市场原本设在学校门口的小街上，自从这座城市有了规定——"学校门口五十米之内不准摆摊叫卖"之后，市场被迁到了另一条与学校平行的小街上。虽然离学校有了五十米的距离，但丝毫也不妨碍学生们的光顾。

这个市场最先形成的时候，主要是卖鸡鸭鱼肉、水果蔬菜什么的，后来，有些摊贩的眼睛渐渐瞄上了经常路过这里的学生。于是，卖鸡鸭的开始卖生日卡、贺年卡，卖精美的小礼品；卖水果的卖起了雪糕和饮料；卖蔬菜的卖起了歌星照片、写真集和其他的明星周边。

总而言之，中学生喜欢什么，这里就卖什么！

这样一来，学生就不光是从这里经过了，他们成了这里的主要顾客。学生们很开心，小贩们更开心，他们轻轻松松地就可以把学生口袋里的钱掏出来。

值得一提的是一家小小的书店。它这里不但卖许多学习参考书、卡通书，还卖各种考试的试卷。有的试卷是编成书来卖，来不及编成书的就卖单张试卷。刚刚举行过的"一模"考试，上午考完了，下午就有试卷出售。速度之快，让学校的老师都有些瞠目结舌。

学生要想拿到其他区的"一模"考试试卷来做一做，只要花上六块钱，六张订成一沓的印刷得十分标准的各科试卷就会递到你的手上。

"嘿！学生，要考试卷子吗？"侯大明听见背后有人叫他。

侯大明回过头，一个长得很精明的中年人正在向他招手。他的身上背着一个大书包。

"什么卷子？"侯大明凑了上去。

"你要什么卷子？"

"你有什么卷子？"侯大明根本不想花钱，但他好奇。

"你要什么卷子，我就有什么卷子。"

"我要今年高考和中考的卷子，你有吗？"侯大明冷笑着说。

"你有钱，我就有。"

"你算了吧！现在出题的老师还没打算好出什么题呢，哪儿来的卷子呀！"

一个小伙子走到中年人的跟前，拍拍他的肩膀，在他耳边悄悄地说了几句话。

中年人眼睛一亮，不再搭理侯大明，跟着小伙子向一个角落走去。

侯大明看着他们在那里似乎是讨价还价，争论得还挺激烈。最后中年人无可奈何地点点头，从上衣兜里拿出一沓钱。侯大明吓了一跳，据侯大明的估计，那沓钱怎么也有一万元，买什么好东西呀？这么贵？他们是不是倒卖文物呀？要不就是什么字画？

侯大明目不转睛地盯着他们。

小伙子从自己背的书包里把东西拿出来，那是一沓"白纸"，估计有几十张。肯定不是字画！侯大明明白了，那是一沓试卷。哇！什么试卷值这么多钱啊？

小伙子把钱放进了书包，把试卷递给了中年人，急匆匆地走掉了。中年人急忙把试卷塞进了自己的书包。

中年人抬起头来，看见侯大明的目光，神秘地笑了笑，似乎没有与侯大明再做生意的打算。

一种强烈的好奇心促使侯大明向中年人走去。

"什么东西呀?"侯大明故意显得很随便地问道。

"告诉你也没用。"

"不就是几张卷子吗,我都看见了!"

"这可不是普通的卷子。"

"什么卷子?"

"说了你也买不起!"中年人说着话,前后左右地看了看,小声地附在侯大明耳边说,"今年初中升高中的试卷。"

侯大明愣了一下:"这不可能!这是严格保密的,怎么能到你手里?"

"刚才那个人就是印刷厂的。"

侯大明还算有点脑子:"印刷厂的人也不能把这么多卷子带出来呀!"

"傻孩子,这不是原件,这都是复印件。"说着,中年人打开书包,拽出了一张试卷的复印件,在侯大明眼前晃动了一下。

侯大明的心开始剧烈地跳动,心想,万一这真的是今年初中升高中的试卷,自己不就可以神不知鬼不觉地考上心中仰慕已久的华大附中了吗？

"多少钱一张？"侯大明的声音有些发抖。

"一百元一张，一套六百元，你要想买的话，给我五百元。"

"哇！你有病呀！平常每张才十元钱。"

"你才有病呢！十元钱的卷子能和这张卷子比吗？你简直白日做大梦！"

"我没有那么多钱。"

"你有多少钱？"

"我一共才有一百元。"

"这样吧，一百元我卖你两张，怎么样？"

又经过激烈的讨价还价，侯大明花了八十元钱买了两张他认为自己最"薄弱"的两科——数学和物理试卷。

"如果是假的怎么办？"侯大明转身问中年人。

"如果是假的，你来找我退，我一分钱也不要你的！"中年人发誓说。

回到家，侯大明老老实实地向爸爸说了事情的来龙去脉。那一百元钱本来是爸爸给他买一个低档复读机的。

话还没有说完，爸爸就从椅子上蹦起来："你这个笨蛋！印刷厂的工人在印这种试卷的时候是根本不让回家的!"

"那,他要是用别的方法把卷子偷出来呢?"侯大明有点心虚,还是硬着头皮说。

"要是真的,花一千元也值,可这是假的。"

"我看见他给了那个小伙子好多钱呢!"

"那是他们故意做给你看的——他们是一伙的,你懂不懂?"

爸爸带着侯大明急急忙忙往市场跑,父子俩想抓住那个坏蛋!

到了市场,那个坏蛋早已不知去向。

这一夜,侯大明没睡好,他真是窝囊到了极点。这可能是他活这么大,吃的最大的一个亏。

天快亮的时候,侯大明心情稍稍好了一些,他想出了一个挽回损失的好办法。

第十四章

「三模」

　　第二天上学的时候，大家发现侯大明有点反常。整个一个上午，他既不听老师讲课，课间也不休息，只是认真而又刻苦地做试卷。他右手奋笔疾书，左手遮挡着，生怕别人看清楚卷子上的题目，还时不时地查查书，时不时地向别人请教一下。

　　还没有到课间操的时候，大家就发现了侯大明的秘密。信息时代嘛！谁不知道信息的重要啊！尤其是在这极其重要的临战时刻！

　　"侯大明，什么卷子，让我们看看！"

　　侯大明装出十分为难的样子："没有什么，我就是随便做做题。"

　　"侯大明，你可别那么自私啊！给我看看！"

　　侯大明采取的是欲擒故纵的方法。最后他被"逼"得没有退路，这才神秘兮兮地从书包里抽出两张复印的试卷："三块钱！保密啊！"

那同学毫不犹豫地拍下钱，蜷伏在座位上"研究"起来……

考试的前夕，同学们都像是热锅上的蚂蚁，又像是没头的苍蝇。

侯大明的手里有一张神秘的试卷，这个消息，立刻传遍了全班，于是"蚂蚁"和"苍蝇"们便纷纷来恳求侯大明也卖给他们一份试卷。至于这试卷是什么考试的卷子，根本没有人问，只是觉得里面似乎包含着什么重大意义。

高珊珊本来不想买，可又怕自己万一漏掉了什么重要的东西，于是也买了一份。

到了下午第一节课之前，全班同学几乎人手一份。今天下午本来不上课，让大家回家休息，好准备明天的考试，可大家都在做着侯大明的试卷。

别人都在默默地做，只有赖小珠紧忙活，她不停地询问秀男。

秀男每做完一道题就要给赖小珠仔细地讲解一遍。讲着讲着，秀男发现自己似乎真正懂了，她忽然觉得，现在即便没有钢笔的帮助，她也能顺利地答完每一道题。

在这种莫名其妙紧张气氛的感染下，石工也没有那么潇洒了。他是最后一个购买试卷的。

侯大明表面上不动声色，但心中暗暗地高兴。全班五十个人，他一共复印了四十九份，减去复印费，他净赚六十多元钱！

石工突然意识到了什么，他像个局外人似的突然说："我们这是干什么呢？好像这就是明天的考试题似的！侯大明，你应该叫'侯精明'！"

全班同学都愣了一下，这才发现侯大明的试卷是人手一份，这才从那莫名其妙的神秘气氛中突然苏醒过来。

不用明说，大家都觉得侯大明实在是精明得可以。

侯大明心中有鬼，急忙站起来："哎！这话是怎么说的？我并没有让你们买，你们非要跟我买！再说，做做这些题目也没有什么坏处嘛！"

大家哄笑起来，教室里紧张的气氛没有了。大部分同学都做完了试卷，就算是一次复习吧！大家提起书包开始陆续走出教室。聊天的话题主要是侯大明脑筋太灵活，出其不意地就与全班同学做了一次小生意，侯大明将来长大了，工作了，肯定是个精明的商人。

　　第二天早晨，第二次模拟考试正式开始了。第一节课考数学。大家紧张地盯着监考老师手中的一大摞试卷，看那厚度，两个小时答完估计够呛！

　　当试卷发下来的时候，大家全都愣住了。一个同学忍不住"哇"了一声。

　　许多同学忍不住前后左右看了看，看到的全是会意的眼神。

　　这张试卷正是侯大明昨天卖给大家的那份，所不同的是昨天的试卷没有标明是"二模"考试，昨天见到的是复印件，而今天看到的是正规的"原件"。

　　吃惊和欣喜的情绪在教室里弥漫着，除了监考的老师，所有的同学都感到了这一点。

　　最感到吃惊的还是侯大明。他万万没有料到，那张买来的试卷虽然不是中考的试卷，但却是"二模"的试卷。他意识到这件事非常严重！早知道这样，他是绝对不会把试卷复印后拿到班上来卖的，一个人偷偷做完多好！早知道这样，就是花再多的钱也把六科的试卷都买了，多好！他做了一件大傻事，他只觉得手在剧烈地颤抖，笔都拿不住了。一瞬间，他的脑子里一片空白，他害怕有什么灾难马上就要降临！

教室里响起了风吹树叶般的"沙沙"声。他知道这些做过的题目不用再思考，用笔往纸上写就是了。在这样的题目面前，全班都是优等生！

侯大明的心情稍稍镇定下来。"二模"考试的试卷和中考的不一样，它不过是一次重要的练习罢了。就因为这样，所以用不着太保密，所以才能有人把它从印刷厂偷出来，这不算是太违法的事情。至于学校要把"二模"当成选拔优秀生的考试，那只是学校自己的政策，怪不得我！

心镇静下来，手也不抖了。侯大明只是有些后悔，不应该为了挽回损失的钱，就在班上公开这个重要的秘密！

唉！事已至此，一切废话都不必多说了。现在全班的同学一定会特别地感谢我！他们可是占了大便宜。

数学考试结束了，许多同学按捺不住心头的喜悦，但大家心里又都隐隐地感到这件事情是不太妥当的。但像高珊珊这样的同学心里免不了略微有些遗憾——她取得优秀成绩是理所应当的，但像赖小珠那些学习不好的同学居然也能得到好分数，真是不劳而获！幸亏只有数学和物理这两张试卷被大家做过，否则的话，全班的成绩真是分不出高低来了。

但无论怎样想，从客观上说，不论学习好的和学习差的，全班同学都是这次考试的受益者。

经过三天的战斗，"二模"考试胜利结束了。一切都是那样正常，大家暗暗高兴，那略微有些不安的心情也烟消云散了。七八个平时学习不太好的男生居然簇拥着侯大明到饭馆里吃了一顿好饭。

可是，他们把校长和老师的水平估计过低了，他们没有想到，他们要为这件事情付出沉重的代价。

考试结束的那天晚上，秀男家的电话铃响了，赖小珠在电话里还没有说话就哭了起来。

"赖小珠，怎么啦？有话慢慢说！"

"你出来一下，我在你们家楼下等你。"说完，电话就挂断了。

秀男跑下楼梯。赖小珠还没有来，从她的家赶到这里，怎么也要有十分钟的路程。

秀男猜测着赖小珠身上可能发生的不幸。是不是她的爸爸又打她啦？可是成绩还不知道呢！就是成绩发下来，估计也是赖小珠考得最好的一次……什么事呢？这样紧张！

赖小珠远远地跑过来。她的脸上没有泪痕，也没有任何悲伤，只是不安和惶恐，好像一个流氓正在背后追赶她。

两个人走到楼前的一个街头公园，赖小珠刚坐在一张长椅上就哭起来："秀男，怎么办呀！我都说了！"

"说什么啦？"秀男一时摸不着头脑。

"二模"考试的阅卷的工作还没完，阅卷的数学和物理老师便感到十分奇怪，秀男所在的班这次成绩怎么这么好？他们把这个情况向校长做了汇报。

校长很惊讶。开始，他还是满怀喜悦的，他认为学生的成绩在这短短的时间中便有这样突飞猛进的提高，真是可喜可贺。但等他详细查看试卷的时候，他的直觉告诉他，这个班一定是发生了集体作弊的行为，尤其是像赖小珠这样的成绩落后的同学，平时的数学和物理成绩都是在60分上下"晃荡"，这次怎么能得90分呢？多年的教学经验告诉他，这其中必然"有诈"。

下课以后，校长和刘老师把赖小珠悄悄叫到校长办公室，屋里还坐着数学和物理老师。

"赖小珠同学，你这次考试成绩有很大进步，尤其是物理和数学。"校长若无其事地说。

"嗯。"赖小珠有些害怕。

她这是第一次来到校长室，而且第一次有这么多老师在看着她。

"能和我们解释一下这是为什么吗？"

"我没有抄别人的。"赖小珠不知道为什么说出这样一句话。

"我们没有说你抄别人的，我们只想问问你为什么。"

赖小珠不说话，只觉得非常惶恐。

"你要说实话。以你平常的水平，要考出这样的成绩是不可能的！"物理老师斩钉截铁地说。

"我真的没有抄别人的，我也没有看书，我就是自己做的。"

"那，总得有个原因吧？"

刘老师也开口了："赖小珠，你学习成绩虽然不够好，但在老师的心目里，你是一个品质挺好的学生，我们希望你说实话。"

屋里出现了短暂的沉默，这沉默却像一团火那样灼热，烤得赖小珠痛苦万分。她天天盼望有一个好成绩，结果这好成绩却给她带来意想不到的麻烦。

赖小珠觉得心中很憋闷，一丝气都透不过来。

现在，她只有一个愿望，就是逃离这个房间，到外面去吸一口新鲜的空气。

"这些题，我在考试之前做过。"赖小珠喃喃地说。

老师们互相看了一下。

"在哪儿做的？"老师们毫不放松。

"一张卷子……"

"卷子在哪儿？"老师们穷追不舍。

"随手丢了……"

"不可能！"

"全班同学都做过，为什么你们光问我！"赖小珠失声痛哭起来。

老师们又互相看了看，校长点了点头，大家都明白了。这次考试的题目试前被泄露了。

秀男握住赖小珠的胳膊："别哭！别哭！"

"你说我怎么办呀？"赖小珠瞪着一双泪眼呆呆地望着秀男，

就像一个无助的婴儿。

"你说是从侯大明那里买的吗？"

赖小珠摇了摇头："没有，我觉得这样不好。"

秀男点点头。

"你说我应该说吗？"

"我也不知道。"

"要是你，你会说吗？"

"你不说，老师们也会知道，成绩突然那么好，不正常！但是，你千万别跟同学们说校长找过你。"

赖小珠点点头："你原来成绩不好，后来好了，他们怎么就不怀疑你呢，为什么老师就单问我呢？我真倒霉死了！"

秀男不知道怎么安慰赖小珠，因为这件事要是让她遇上，她也不知道怎么办。

"我想老师们还会调查的，被调查的人多了，你就没事了。"

这句话对赖小珠似乎起了作用。她不哭了："你说会吗？"

"会的！"这会儿，秀男觉得赖小珠紧紧抓着她的手松了。

赖小珠不像刚才那么激动了。

不可思议遇见你

蝉为谁鸣

第十五章

告密者

第二天早晨，校长满脸铁青地出现在教室的讲台上。

正准备上数学课的同学愣住了，大家敏感地意识到有什么重要的事情发生了。因为现在站在讲台上的应该是数学老师，而不是校长。许多同学甚至猜到了校长亲临教室的意图……

"今天，我到你们班上来是想说一件'二模'考试中发生的事情。我实话实说，直截了当！"校长语调沉痛而严厉，每个词、每个字，都重重地敲在大家的心坎上，"经过我们初步调查，你们班同学在这次考试之前就做过数学和物理的试卷。至于是哪个同学事前偷看了试卷，还是用什么方式得到了试题，我们还要详细调查。但这是一次全班集体作弊的事件！它的成绩是虚假的，因此，我代表学校正式宣布，你们班这次数学和物理的考试成绩无效！"

　　教室里一片寂静。有的同学以前也想过，这样的便宜不是那么好占的，但无论如何也没有料到，惩罚来得竟是这样快！

　　校长接着说："我们曾经宣布过，我们将把这次考试的成绩当成我们保送一部分同学升入本校的条件。可是发生了这样的事，学校无法判断同学们的水平，这给我们带来了意想不到的困难。下面，每个同学要写一份详细的经过，你在什么时间、什么地点、从谁的手里怎样拿到这个试题的。我们将根据这次调查结果来决定给有关的人以严厉的处分，并决定是否在你们班再进行一次选拔考试！"

　　一张张白纸发到了每个同学的手中。

　　侯大明的小脸被吓得煞白。他的手不停地发抖。许多同学在拿起笔的时候，都情不自禁地看了侯大明一眼。

　　石工举起了手。

　　"你有什么事？"校长指指他。

　　石工站起来："我们在考试之前做这些题目的时候，并不知道它就是未来的试题呀！所以校长说我们全班集体作弊是不是用词不当？"

　　校长挥挥手，含糊地说："至于用什么词，调查以后再说。"

　　校长又说："大家一定要说实话，既不要冤枉别人，也不要包庇别人。在这次事件中，你们班有的同学就表现得很好，向学校反映了真实的情况。"校长这句话的本意是想鼓励大家说实话，可他却无意地犯了一个大错误——他分明在告诉大家，你们班有一个告密者！

　　啊！怪不得校长了解得这样清楚呢，原来有人到校长那里去告了密，这卑鄙的小人！是谁呢？

　　大家开始前后左右地察看，并且毫无顾忌地小声咒骂。

　　男生通用的语言是：混蛋！

　　女生通用的语言是：真缺德！

　　在这种情况下，如果谁不表示愤怒，谁就好像是那个告密的家伙！

　　高珊珊的声音居然很大，大得校长都听见了："这卑鄙的小人！"

　　校长意识到大家骂的是他表扬的对象，于是制止说："高珊珊，你说什么呢？"

　　高珊珊抬头，理直气壮地说："我是骂那个作弊的家伙，他把我们全班都害苦了。"

在这咒骂声音中，侯大明突然获得了一种勇气和信心，他仿佛一下子有了精神支柱。他感到他不是真正的"罪犯"，而真正的"罪犯"是那个告密者。要不，大家干吗那么恨他呢？把试卷拿到班上来，这算不了什么，万一追查起来，他就说实话，卷子是从市场买来的，责任也不在他。心里一坦然，手又不抖了。他只有一个念头，就是弄清谁是那个告密的人。

赖小珠有些支持不住了。她觉得自己好像已经暴露在光天化日之下，这所有的咒骂都是有所指的，指的就是她。

她用脚轻轻地碰了一下秀男。秀男抬起头，吓了一跳，只见赖小珠面色苍白，两眼有些迷茫地看着前边。

秀男明白赖小珠的心思，她突然觉得自己是赖小珠的大姐姐，她有责任支持和照顾她。有了这样的念头之后，她的心变得异常镇静。

她微笑着摇摇头，小声而坚定地说："不用怕，有我呢！"

纸条全部交上去了。校长将所有的纸条叠好，放进讲义夹，说了句："大家先上自习吧！数学老师一会儿就来。"然后便径直走出门去。

空气就像被抽干了，教室里留下一片真空。数学老师还没有填补这个真空，大家便有一种缺氧的感觉。房间里一片寂静，寂静得让人无法呼吸。

但谁都感觉得到，马上就会有什么事情发生。

侯大明从座位上站起来："请大家听我说两句话。"

同学们一齐看着他。

"试卷是我带到班上来的，作为班长，我本来是想给大家带来运气的，万万没想到，我给大家带来了灾难。可我真的不知道这是'二模'考试的卷子！"说着话，侯大明居然从他站的位置向四个方向鞠了四个躬。

同学们惊讶地看着侯大明，这一小段讲话和动作恐怕是他到目前为止最精彩的讲演。大家好像承受不起这样的歉意，立刻产生了深深的不安。一种深深的感动油然而生……

"由于我的过失，牵连了大家的考试成绩。大家一点错也没有，只是做了一次复习，如果有什么错误，这错误全部由我一个人来承担！"

有个同学忍不住叫起来："怎么能这样说呢，我们刚才没写是从你那儿拿的卷子，我们说是捡的！"

"我们也没写你。"又有同学响应说。

侯大明大度地摆摆手："没关系！"接着话锋一转，"但有一件事情我想弄明白。如果不明白，我心里憋得难受。那就是，是谁去和校长说了这件事儿，我不怪他，但是我想知道。"

"对——"教室里响起一片响应声。

此时此刻的侯大明就像一个为大家做了好事，却被叛徒出卖的蒙难英雄。侯大明在班上从来没有过这样高的威信。

高珊珊也从座位上站起来："我希望告密的人，能自己站出来，好汉做事好汉当！"

高珊珊虽然不是班长，但她是"高级民主人士"，她的话在班上是相当有分量的。

没有想到，石工也响应道："赞成——"

在平常，石工一贯是不拿侯大明当回事的。他对侯大明有着一种先天的反感。对于侯大明来讲，石工简直就是反对党领袖。可是今天，石工觉得那个告密的人比侯大明还要坏！

三个人这样一说，教室里就变得群情激愤，万众一心了。

只有教室里的中间是沉默的——那是秀男和赖小珠的座位。

不用任何侦察，也不用任何盘问，所有的目光不由得集中在她们俩的身上。

秀男看见赖小珠的嘴唇是紫色的，就像寒冬季节在室外冻了很久很久。赖小珠的肩膀在不停地抖动。秀男想起了那一天，那只飞到赖小珠课桌上的瑟瑟发抖的小麻雀。

许多人的目光已经滑过了秀男，聚焦在赖小珠的身上。

那一刻，秀男心里有些悲哀，赖小珠为什么不会说谎呢？她如果也虚张声势地叫着捉告密者呢？如果那样不就可以保护自己了吗？可是她不会，唉！不用说她，要是放到自己身上也不会！

有个女同学的声音飘过了秀男的耳边："昨天放学的时候，我看见她到校长室去了。"

教室里的空气立刻变得紧张了。大家向这边围拢过来，眼睛里闪烁着仇恨的火焰。

赖小珠无疑也听到了这个声音。她的眼睛瞪得大大的，充满恐惧。

她显得那么可怜。她既没有勇气撒谎，也没有勇气承认。她的全身几乎没有一丝力气，软软地瘫在椅子上。

秀男在无声的恐惧中站了起来："是我去和校长说的。"

秀男不相信这个声音是从自己的嘴里说出来的，她从来就没有这样的勇气。

教室里沉默了。在这短暂的沉默中，愤怒在确定主攻的方位；在这沉默中，愤怒在积蓄力量；在这沉默中，愤怒在寻找表达和发泄的方式！

在这沉默中，秀男感到了一种她从来没有感到的巨大压力。

石工紧盯着秀男的眼睛看了一会儿，仿佛他第一次见到这个人。他鄙夷地说："我真没有想到会是你！"

侯大明像个无辜者，委屈地摊开双手："我真的不明白，为什么会是你，这对你有什么好处？"

高珊珊冷笑着："对她当然有好处。这样一来，她不但学习好，品质也好！她是暴发户，暴发户都是这个心态，削尖了脑袋往上钻，不择手段！"

大家都转过头去看高珊珊。大家不明白高珊珊为什么管秀男叫暴发户。

高珊珊看出了大家的疑问，于是补充说："她是学习上的暴发户，她只希望她一个人好，恨不得大家都不及格。"

一个一贯有钱的人，大家觉得很正常，于是就很羡慕他；一个突然有钱的人就不正常，大家不是羡慕他，而是怀疑他，甚至仇恨他，叫他暴发户。

学习突然好了，应该说学习有进步，没听说过叫什么学习暴发户的。虽然有些词不达意，但大家理解了高珊珊的意思。

侯大明愤怒地说："你学习好了，我们并没有嫉妒你。你不愿意帮助别人，那是你的自由，可是你不能害我们呀！"

侯大明的话得到了大家一致的响应："对呀！你学习好了，你不能害我们呀！"

同学们密密麻麻地围上来，有的人还站到椅子上或桌子上。

阳光一点点被挡住了，秀男已经看不清她的眼前是哪一个同学的脸，她就像被装进了一个密不透风的大桶里，她只能听见那些愤怒的声音。

在这冰冷得让人窒息的"大桶"里，秀男只有一点温暖，那是赖小珠的手放在她的腰上。那手虽然是颤抖的，但那毕竟是一个支撑啊！

她听见了一个女同学的尖叫声："她学习真好假好还难说呢！"

"她有一支怪笔，里面有微型电脑！"这是高珊珊的声音。

高珊珊的声音就像一只手将秀男的心狠狠地攥了一把，心一下子就揪紧了。

秀男急忙用双手护住桌上的文具盒。

"拿出来看看，里面是不是有电脑！"几个男生高叫着。

秀男将文具盒抓起来，准备把它护在胸前。有人猛地把她的手撞了一下。

文具盒凌空飞出，落在地上，里面的东西散落开来。

那支笔在地上翻滚一下，发出一种瓷器摔在地上的碎裂声。

有人在背后推搡起来。

秀男正要去捡那支笔，一只脚踏了上去。

"把笔还给我！"秀男叫着。

没有人理会她的请求。

一个同学抢先捡起笔，跑到一边，拧开笔套："根本没什么电脑，什么也没有啊！"

秀男推开前边的同学，冲上去："把笔还给我！"

那个同学把笔高举在空中："你想要这支笔吗？"

"它本来就是我的，你还给我！"

"你要向全班同学道歉！"

"我没有错！"

那个同学把笔在空中挥舞着，征求大家的意见："要不要还给她？"

"让她道歉！"大家一齐喊道。

赖小珠哭着哀求说："你们还给她，你们太过分了！"

侯大明恶狠狠地对赖小珠说："少说话！没有你的事！"

赖小珠悲哀地瞪着双眼，哭着说："怎么会是这样呢！怎么会是这样呢！"

那个同学举着笔："好吧！你既然不愿意道歉，那就让你的笔来道歉吧！"说着，他把笔狠狠地扔在讲台前的地上。

一个同学说："笔又不会说话，怎么道歉啊？"

"我们每个人用脚在她的笔上踩一脚，怎么样？"

"这个主意好！"

心中充满愤怒和不满的同学纷纷向讲台边拥去。

"不——"秀男几次想冲过人群去抢救她心爱的笔，但都被同学们的身体挡了回去。

石工说话了："大家先别踩，这钢笔挺贵重的。大家都朝着钢笔骂一下，行不行？"

"不行！这样不解气！"教室里响起一片反对声。

"什么破钢笔，顶多几块钱，踩坏了我们赔她！"

石工无可奈何地看了秀男一眼，表示他已经尽了最大的力量。

赖小珠冲上去，使劲拉着同学们的衣袖和手臂："你们踩我吧！千万不要踩秀男的笔！"

"踩你我们犯法，踩钢笔我们不犯法！"一个同学冷笑着说。

说着，他的脚踩了上去。

第一脚踩了上去，第二脚踩了上去……

秀男瘫倒在自己的椅子上，她从来也没有想到过，她的同学会变得这样狰狞。

教室里突然发出一声凄厉的蝉鸣。

大家都愣住了。

不可思议遇见你

蝉为谁鸣

第十六章

《情感小屋》

◇◇◇◇◇◇◇◇◇◇

大家似乎宣泄完了他们的愤怒，或者是对那一声蝉鸣感到奇怪。

教室里的喧闹平息下来。

秀男走到讲台前，没有人再阻拦她，大家为她让开了一条路。秀男跪在冰冷的地面上，捧起了她的笔。那笔已经支离破碎了。笔套已经裂成了四瓣，笔杆也变成了两截，只有笔尖与它的"脖颈"还顽强地连接在一起。墨水从破裂的笔囊中渗透出来，殷殷地流在地面上，画出了不知道是哪个地方的地图形状……

秀男的眼泪无声地滴落在钢笔上，一滴滴地溅成几小朵晶莹的泪花。

她突然想起了什么，俯下身子在周围的地面上寻找遗落的钢笔的碎片，哪怕是像小米粒大小的洁白的晶体，她都仔细地捡起来，放到自己的手心上。

周围的同学默默地看着她。

秀男走回自己的座位，捧着笔呆呆地站在那里。

赖小珠急忙拿出一张白纸平摊在桌上。

秀男将钢笔放在白纸上，将笔包起来，然后走出教室。

大家一齐注视着秀男的背影渐渐地消失在校门口。

教室里有了动静。

赖小珠忽然尖叫起来："你们这些坏蛋！你们知道你们做了什么吗？"

大家吃惊地看着赖小珠。

侯大明自嘲自解地说："我们做了什么？我们不过是踩坏了她的一支钢笔，可是她，她去向校长告发了我们。这点惩罚算什么，我没准还要受到处分呢！谁为我着想了，你激动什么！"

"就是啊！就是啊！"几个同学随声附和说，似乎在为他们刚才的行为寻找安慰。

"不是秀男说的，是我——是我昨天下午和校长说的，你们可以到校长那里去问一问！"说着，赖小珠疯了一样地提起她的书包，将里面的东西全部倒在地上，"你们踩吧！你们踩我的钢笔，你们踩我的书本，你们踩吧！"

赖小珠的话像一把锤子重重地敲在大家的心上。大家全都呆住了。

所有的愤怒似乎都在刚才消耗了，心中升起的是一种说不出道不明的滋味——那是歉意和不安吧！或许还有深深的自责，或者是根本还没有想清楚。没有人再去询问事情的真相，也没有人再去咒骂赖小珠，更没有人去踩赖小珠的钢笔。

大家默默地回到自己的座位上，这一切都发生得太突然，结束得也太突然，甚至来不及思索……

秀男静静地躺在床上，她感觉很累很累。

她用了半天的时间去拼接修补那破碎的钢笔。她买来强力胶水和透明胶条，她不知道怎么把贴好的一片固定起来，常常是粘了第二片，第一片又掉了下来。最后，她用柔软的绵纸填在笔套里做了"内胎"，钢笔才渐渐有了原来的形状。

她似乎忘记了在学校发生的事情，只是用全部的心血去修补钢笔。当她最后将钢笔用胶条缠绕一遍以后，她终于瘫倒在床上。

她不想再去上学了。她不想再见到他们。那些被称做同学的人让她感到绝望。她觉得他们之间已经不存在什么友谊和感情。感情没有了，她也就不再生气、不再痛苦了。她只是觉得有一种发自骨子里的疲倦。那疲倦像一股白雾从心中发出，然后弥漫了她的全身。

她再一次看了看补好的钢笔，睡着了。

秀男醒来的时候，已经是黄昏时分。

爸爸和妈妈坐在她的床前，每人拉着她的一只手："秀男，你怎么啦?"

"没怎么，就是太累了。"

"你的脸怎么这么白?"妈妈用手摸摸秀男的额头。

秀男努力咧嘴笑了笑："真的没什么。"

爸爸说："可能是这些日子复习功课太累了。"

秀男点点头。

爸爸指了指桌上凌乱的文具和那支伤痕累累的钢笔："这是怎么回事?"

"让他们给踩的。"

"谁踩的?"

一种灼热从秀男心里涌出,但她忍住了:"汽车踩的。"

爸爸笑了:"汽车应该说是辗轧的,不应该说是踩的。"

"对! 是汽车辗轧的……"

妈妈说:"秀男! 汽车怎么会辗轧了你的钢笔呢?"

"就是给辗轧了呗!"秀男淡淡地说。

妈妈有些不高兴:"秀男,怎么能跟妈妈这样说话呢? 学习好了可不能长脾气呀!"

爸爸拿起那支笔。

秀男急忙说:"别动! 刚刚粘好!"

爸爸把笔小心翼翼地放回桌上,眼睛却牢牢地盯着那支笔。他看一会儿,又凝神想一会儿。

突然,爸爸一拍脑门说:"啊! 我想起来啦! 咱家有张画,画上的笔和这支笔一模一样!"

妈妈说:"你记错了吧? 我怎么没有见过?"

"好像是别人送的……还没有画框……反正没挂过。"

秀男一下子从床上坐起来:"爸! 你快去找找!"

爸爸打开他的书柜,书柜的底层有许多带轴的国画和一大包没有裱也没有托※过的画。

秀男一幅幅地打开来看。

画都翻遍了，也没有什么画着钢笔的画。

爸爸拍着脑袋自言自语："可能是我记错了……"

妈妈说："你肯定记错了，哪张画会画一支钢笔呢？"

吃完晚饭，秀男没有复习功课，又倒在床上。

半夜时分，她忽然被一个声音惊醒了，那声音仿佛很遥远很遥远，像是有人在说话，但听不清内容，又像是音乐，但听不出旋律。

缥缥缈缈地不知来自何方。

秀男看看表，现在是凌晨一点钟。

她静静地躺着，觉得心里很痛。这种痛不是那种疼痛的痛，那是一种来自心里的刻骨铭心的忧伤和恐惧。长到这么大，秀男第一次体验到这种痛。这种痛她能深切地感受到，但她说不清楚。

她竭力想去排解这种心情，但她做不到。秀男拿起耳边的

※　将画贴在一块硬纸板上为托。

收音机。这么晚了，不知道电台还有没有节目，听一听心情可能好一点。就在她准备打开收音机开关的时候，她发现那开关是开着的，原来她刚才听到的正是从收音机中传出的声音。

秀男把耳机戴上。那声音立刻清晰起来，那是一段再熟悉不过的钢琴曲——《少女的祈祷》。

秀男的心情稍稍好了一点。琴声像水波一样渐渐弱了下来，熟悉的男播音员的声音浮出水面："这里是《情感小屋》，我们下面继续接进听众的热线。"

"我是华大附中的学生，我叫边域。"

秀男心头微微一震，所有的神经都在颤抖。

"我要对我的朋友秀男说几句话。我虽然离开你很久了，但我一直惦记着你。你的事情我都听说了。你不要太在意，也不用太难过。我知道有一个男生，他的学习成绩非常好，可是他在高考的时候，仅以一分之差没能考上大学，希望破灭了，他觉得空气凝固了，天空暗淡无光。他感到深深的绝望，甚至产生了自杀的念头。可就在他将要死去的一瞬间，他突然猛地醒悟到，生命是那样的可贵。对于崇高的生命，那一点挫折显得渺小和微不足道。在那一瞬间，他忘记了所有同学们之间的矛盾和不愉快，他想起了亲人和同学们的美好情谊和那温馨的时光。从此以后，他觉得心里充满阳光。好了，秀男，一切不愉快都将变成过去。祝你睡个好觉！中考结束后，我们就会见面的。"

一股涓涓的热流暖遍了秀男全身。她紧紧地将耳机捂在耳朵上，竭力倾听着那里面发出的每一点信息！

声音戛然而止，耳机里没有了一点声音。

秀男跳下床，跑到电话机跟前，拨了广播电台的热线电话。电话通了，但没有人接。

人家可能下班了，可怎么连个结束的音乐和主持人的结束语都没有呢？秀男这样痴痴地想了一会儿。这一刻她的心里感到非常兴奋非常充实，她回想着刚才边域说的每一句话。想着想着，一股睡意像微风一样袭来，把她要想的事全都融化了……

不可思议遇见你

蝉为谁鸣

第十七章

中考

秀男早早地醒了。

她又给昨天的电台热线拨了电话，电话还是没有人接。

秀男没顾上洗漱，轻轻拿起粘好的钢笔，用手试着捏了捏。钢笔粘牢了，几乎没有一点松动的感觉。秀男心中一阵高兴，她又从墨水瓶里吸了墨水，在纸上写了两个字：边域。

书写很流畅，只是不知道这钢笔还能不能帮她"思考"。她呆呆地凝视着"边域"两个字，好像这名字不是她写的，倒像是边域自己写的一样。

秀男小心翼翼地将钢笔包在一块手帕里，然后放进了贴身的口袋。

秀男走出家门，走下楼梯，一个熟悉的身影出现在她的眼前。

赖小珠站在楼门和楼梯之间的门洞里。

"秀男!"赖小珠眼里充满渴望。

"你怎么在这儿?"秀男奇怪地问。

"我在等你。"

"等我干吗?"

"他们说你今天可能不来上学了。"

"他们?"

"班上的同学。如果到了上学的时候,你还不下来,我就上去找你。"

"你什么时候来的?"

"都一个钟头了。我怕你走得早。"

秀男上前挽住赖小珠的胳膊:"我们走吧。"

"秀男,我对不起……"话还没说完,赖小珠忍不住哭了。

秀男用手捏了一下赖小珠的胳膊:"别说了。"

"秀男,请你原谅我……我没有你那么坚强。我特恨自己,干吗让你替我受罪!"

"唉!反正得有一个人受罪,我能代替你,我挺高兴的。真的。咱俩是好朋友嘛!"

赖小珠紧紧咬着嘴唇，手与秀男紧紧地握着。

秀男说："你千万别在班上再提起这件事。"

"我已经都说了。"

"说了什么？"

"我说是我和校长说的，秀男是代我受过！"

秀男停下来，关切地看着赖小珠："你干吗要这样呢？他们怎么你了？"

"他们什么也没说，什么也没做。昨天晚上，高珊珊和石工都给我打电话，让我一定要找到你，等你来上学。我问他们为什么不来，他们说不好意思……"

秀男和赖小珠默默地走着。

"秀男，你怎么不说话呀？"

"不知道该说什么……"

秀男和赖小珠走进教室。班上同学几乎全都到了，静静地趴在桌上复习功课。

秀男进来的那一刻，全班同学的眼睛都不约而同地看了她一眼，然后马上垂下眼皮，低下头去看书。教室里寂静无声。

秀男走到自己的座位上，刚刚坐下，她不由得愣住了。

黑板上写着几个大字：秀男！我们对不起你！

右下边还有个落款，写着：全班同学，×年×月×日。

这是石工的字！

秀男的眼睛不由得湿了。

秀男拉开课桌的抽屉，放进书包，发现里面被什么东西挡着。

秀男低头看去，抽屉里有一个纸匣，打开匣盖一看，那里面是许多支五颜六色、各种各样的崭新的钢笔。

秀男的眼泪夺眶而出。

教室里十分安静，但秀男知道，前后左右的许多只眼睛都在默默地看着自己。

秀男从贴身的口袋里拿出自己的钢笔放到那许多钢笔中间，她忽然感到自己的钢笔与那些钢笔有着同样的价值和分量。

中午时分，秀男又给电台热线拨了电话，人家说，昨天深夜的电话内容不好查找了，但是《情感小屋》的节目每天午夜十二点结束，凌晨一点根本就不会有播出。

秀男惊讶得忘了挂断电话。

　　学校调查清楚了"二模"试卷的来龙去脉，也的确不好给侯大明什么处分。当然，那次考试成绩是不能算数的。于是又为这个班专门出题，把数学和物理再考了一次。因为选拔保送生是在全初三年级，而不是单单这一个班，所以这件事的确给学校带来了不少麻烦。

　　学校写出一张告示，通知大家保送生名单暂时保密，等到中考录取工作开始以后一并公布。

　　一场风波到此结束。

　　紧张的中考开始了。

　　秀男带着边域送给她的笔踏进了考场的大门。为了防止学生作弊，考生都要到一个陌生的学校去考试。

　　秀男的心中挺平静，也有了些自信。这些日子她的学习成绩的确有了很大的提高，她相信即便没有那支笔的帮助，她也能考得不错。有了笔的帮助当然更好，没有，那笔也会给她带来好运气。那笔就算是她的护身符吧！更重要的是，自从那场风波过后，秀男突然觉得生命是那样的美好和充满朝气，她有了抬头挺胸的感觉，不光是学习成绩，而是对未来的希冀，这希冀让她有了一种逢山开路遇水搭桥的处事能力、以苦为乐的勇气和动力。

考试的时候，钢笔还是帮了她的忙，但只是偶尔，这一点秀男感觉到了。但是有一点她觉得很奇怪，那笔写得很艰难，不知是有意的，还是力不从心。出水不像以前那样流畅了，以至于让秀男怀疑自己的答案是否正确。

真对不起，都被踩成这个样子，还让你帮助我考试，秀男不禁暗暗感叹。

最后一门课考语文。当秀男想为她写完的作文再画上一个句号的时候，字写不出来了。秀男拧开笔杆，挤了挤，里面的墨水还是有的，再拿到纸上去写，还是写不出来。一个句号难道会有什么错误吗？

结束考试的铃声响了起来，秀男急忙换了一支笔画上了最后一个句号。把钢笔放进口袋，交上试卷，秀男下意识地看了看手表。十二点整。

秀男走出考场，许多家长正在大门外翘首盼望自己的孩子凯旋归来。

秀男看见爸爸妈妈那企盼的目光。

"怎么样?"妈妈急切地问。

"问题不大。"秀男轻松地说。

"都做完了吗?"爸爸问。

秀男点点头。

"都会做吗?"

秀男又点点头。

"怎么光点头不说话呀?"妈妈不满足地说。

秀男的班主任刘老师从侧面笑吟吟地走过来,拉着秀男的手:"秀男,考得怎么样?"

秀男微笑着:"感觉还不错。"

老师看看四周,小声对秀男爸爸妈妈说:"告诉你们个好消息,秀男在保送生的名单上。还没有正式公布,先不要往外说。"

秀男的妈妈像个小孩子似的跳着脚,兴奋地问:"就是说,这次中考即便没考好也能上本校吗?"

刘老师点点头。

爸爸急忙拍着秀男的肩膀:"还不快感谢老师!"

秀男说:"谢谢老师!"

老师真诚地说:"秀男自己也争气啊!进步那么大!"

秀男不由得去摸口袋里的钢笔,她只摸到了一支。秀男急忙低头去看,边域送给她的那支钢笔不见了。

"呀!我的钢笔呢?"秀男惊叫起来。

"这不是在兜里别着吗!"

"不是这一支,是我常用的那一支!"秀男转身就往考场跑。

秀男跑进教室,来到自己考试的座位上。她在桌上、地下、抽屉里翻了个遍,都没有见到那支笔。

监考的老师已经整理好大家的试卷准备离开教室。

秀男抱着一线希望问:"老师,您捡到一支钢笔了吗?"

老师摇摇头。

秀男只觉得一股热血涌上头顶。她站在那里浑身上下摸索着衣服的每一个部位,希望那笔能藏在衣服的哪个褶子里。

秀男又从教室的后边,一张桌子一张桌子、一片地面一片地面地寻找。

连钢笔的影子也没有。

秀男呆呆地坐在椅子上,她回忆着画完句号之后,她是不是把边域给她的笔放到上衣口袋里——就是这个细节,她怎么也想不起来了！

秀男失声痛哭起来。

爸爸妈妈走进教室，吃惊地看着女儿："秀男，你这是怎么啦？"

"哪儿也找不到！"秀男哭着说。

"不就是一支笔吗？干吗这样！"妈妈说。

"不——"

吃午饭的时候，秀男还在那里发呆。她在想这支笔会不会忘在了桌子上，被贪小便宜的人拿走了。在那个考场里，有一半是他们学校的同学，另一半考生来自其他的学校。

"我一定会找出那些同学的学校和名字。"秀男痴痴地说。

"秀男，吃饭吧！你不吃，爸爸妈妈也没法吃。你怎么能这样呢。"

爸爸捅了捅妈妈的胳膊阻止她再说下去。

"秀男，先吃饭，吃完饭，爸爸帮你去找，我们一定会找到那支钢笔。"爸爸往秀男的碗里夹了一块鱼。

秀男叹了口气，吃了两口，又把筷子搁在桌上。

"秀男，爸爸问你个问题行吗？"

"什么问题？"

"能不能告诉爸爸，你这支钢笔到底是哪儿来的？以前我曾经问过你，你说是跟同学借的，可是我看你却一直用着它。"

秀男没有说话。

爸爸继续说："我发现你对这支笔特别的重视，能不能告诉爸爸妈妈，这支笔到底是从哪儿来的？"

秀男还是不说话。

"你爸爸问你呢，怎么不说话呀！"妈妈很着急。

爸爸抬起手，给妈妈使了个眼色，继续说："爸爸一直觉得这支钢笔有什么秘密。你实话告诉我们，说不定我能帮你找到它。"

秀男抬起头，看了看爸爸又看看妈妈，欲言又止。

"告诉我们，无论什么事都不要紧，爸爸妈妈一定会帮助你。"

沉默了一会儿，秀男开口了："我说了你们可能不会相信我。"

"我们会相信的。"爸爸妈妈一齐说。

"这支钢笔是一个男生送给我的。"

"谁？"

"就是给我写信的那个男生。"

"你不是说，你不知道他是谁吗？"

"你们问我的时候，我真的不知道，第二天他到学校来找我和赖小珠，我们才认识了。"

"后来呢？"

秀男把以后发生的事情原原本本地说了出来，当她说到那支笔有着一种神奇的力量经常帮助她的时候，爸爸妈妈惊讶地互相看了看，一齐问："会不会是你的错觉？人经常会有错觉的。"

"绝对不是，没有笔的帮助，我的学习绝对不会有今天这个样子。"

"啊！"妈妈瞪大了眼睛，"会有这样的事情？"

爸爸不住地晃着头，他在认真地倾听，认真地思索。他不相信一支钢笔会有这样的能力，可是女儿学习成绩的突飞猛进又让他百思不得其解。现在有了答案，可是这答案多么让人难以置信啊！

"那个男生叫什么名字，在哪个学校上学？"

"他叫边域，他说他在华大附中上学。"

"你后来去找过他吗？"妈妈问。

"去过，可是根本找不到。"

"秀男，你说的都是真的吗？"

"真的。"

"不是做梦？"

"不是。"

爸爸愣愣地坐在一边，眼睛一动不动地盯着前边，表情十分茫然。边域的名字他似乎在哪儿听说过，不是一个名词，的确是一个人的名字。那钢笔又那么熟悉，他竭力思索着……

用玉石刻成蝉形的钢笔……边域……钢笔……画……边域……

"爸爸，你怎么啦？"秀男看着爸爸的样子，心中感到一种莫名的害怕。

妈妈也拍拍爸爸的肩膀："你怎么啦？不要吓唬我们呀！"

爸爸如梦方醒，他跳起来，直奔他的书房："我想起来了！"

不可思议遇见你

蝉为谁鸣

第十八章
画上的钢笔

秀男和妈妈跟着爸爸一起跑进书房。

"你怎么啦?"妈妈紧紧地拽着爸爸的衣服,仿佛生怕一松手就会失去他一样。

爸爸很激动,以至于他的声音都有些发抖:"我想起来了,我肯定有这样一幅画,画上画的就是秀男用的那支钢笔。"

"前几天不是找过,没有吗?"

"再好好找找,我肯定没有丢。"

爸爸重新打开书柜,又找到那一包没有裱也没有托的画,一张张地仔细查找。翻过每一张的时候,他甚至用手使劲捻一下,生怕被粘在了别的画上。

秀男站在爸爸的身后,突然指着书柜最里面的角落说:"那里面有个纸卷。"

爸爸一伸手将纸卷掏来，还没有展开就叫起来："就是它！"

纸卷打开了，那是一张一尺见方的铅笔写生。

画的中央斜立着一支雕着蝉的笔，仿佛被一只无形的手握着正在书写。钢笔套静静地躺在一旁，上面雕着的蝉栩栩如生，微小的明暗对比，使蝉的眼睛闪烁着生命的光辉。这正是边域送给秀男的那支钢笔！更让人感到惊讶的是，那支笔的笔身上裂纹清晰可见，透明胶带的绑痕都历历在目。

大家都惊呆了！

画的上款写着：送给楚亦然叔叔。

画的下款写着：边域，十三岁。

爸爸楚亦然的手剧烈地颤抖："这张画原来不是这样的，它的身上什么裂痕都没有！"

四年前，楚亦然为了一个科研项目，被学校派到南方一个遥远的边陲小镇。有一天，他来到了一个采石场参观。据说，这里经常发现名贵的玉石。

玉石虽然名贵，但开采的工作却是十分繁重和危险的，常常是采出几十吨的矿石也找不到十几克有价值的玉石。

楚亦然在碎石机的旁边看见了一个满脸灰土、身体单薄的男孩子。他正拿着一根木棍把卡在进料槽口的石块捅下去。机器的轰鸣声震耳欲聋。

"小孩儿，你怎么不上学啊？"

那个男孩有些害羞地看了他一眼，没有说话。

楚亦然有些没趣儿地向机器前走近两步。

那个男孩大声喊着："危险！迸出的石头会打在脸上。"

楚亦然急忙后退两步："你不是也很危险吗？"

男孩笑了笑，露出一排洁白的牙齿。楚亦然发现这是个眉目清秀的孩子，如果洗去脸上的尘土，他是很精神的。

"你怎么不上学啊？"楚亦然不甘心地问。

"我上学。"

"几年级？"

"初三。"

"那，你怎么在这里干活？"

"上午上学，下午在这里干活。"

"每天多少钱？"

那个男孩伸出一个手指头。

"十块钱？"

"一块钱。"

楚亦然的心一下收紧了。一块钱，在城里连一杯饮料都买不了！

"你们家大人不工作吗?"

"爸爸去世了，还有妈妈和妹妹。"男孩平静地说。

楚亦然鼻子有点发酸。

"你学习怎么样啊?"

"还行! 在学校常得第一名。不过我们这里水平比较低。"

"你还上高中吗?"

男孩摇摇头。

"多可惜呀!"

男孩神色有些暗淡，不再说话。

楚亦然的恻隐之心油然而生。他知道，现在再说多少鼓励的话、多少遗憾的话都显得有些虚伪。鬼使神差地，他从衣袋里掏出五百元钱，这是他这次工作酬劳的十分之一。他犹豫了一下，又从口袋里掏出一百元钱。

他拍拍男孩的肩膀。

男孩回过头。

他把钱递到男孩的手上："孩子，咱俩相隔几千里地，能在这里见面，算咱们有缘分。这六百元钱你拿着。"

男孩没明白怎么回事，急忙说："这里没有玉石卖！"

楚亦然笑着说："孩子，我不买玉石，这钱是给你上学用的。"

男孩子愣住了，好一会儿他才明白，连忙说："我没有钱还你！"

"不要你还，这是我送给你的。"

"不要！我坚决不要！"

楚亦然把钱塞到男孩的衣服口袋里："拿着吧！"

男孩没有再推辞，两滴泪水顺着脸颊流了下来。

"叔叔，你尊姓大名，住在什么地方？"

"不用了，好好上学！"楚亦然说着就要去追赶同伴。

男孩从后面赶上，死死拽着楚亦然的手："你不告诉我，我不要你的钱。"

"我叫楚亦然，住在县城招待所。"

"真的吗？"男孩瞪着明亮的眼睛。

"我不会骗你。"

楚亦然走了，那一刻他觉得很幸福，心里很充实，他已经很久没有这样的感觉了。

就在楚亦然离开边陲小镇的前一天，男孩在招待所找到了他。楚亦然才知道，他的名字叫边域。

边域穿着一身很干净的衣服，头发也梳理得整整齐齐。那一天，他是和他的母亲、妹妹一起来到招待所的。

边域从衣兜里拿出一个手帕包着的东西，郑重地放在桌上，展开。

"楚叔叔，这是我爷爷亲手做的，我爸爸上中学的时候就开始用它，不值什么钱，但是挺特别的，你就留着做个纪念吧！"

小妹妹插嘴说："这笔我哥可拿它当宝贝了，睡觉的时候，还放在枕头边，他从来不让我动！"

楚亦然拿起钢笔看了看，又把它交到边域手里："你的情谊我心领了，钢笔是你爷爷留给你的，你要永远地保存好，一个人一辈子能有自己珍视的东西是很不容易的。"

分手的时候，边域握住楚亦然的手，喃喃地说："楚叔叔，我好好上学，将来一定要报答您。"

"千万别这么说，帮助别人想要回报，那就不是真正的帮助了。"

边域含着眼泪点点头。

回到自己家不久，楚亦然就接到了一封远方的来信，楚亦然打开一看，见到了那幅边域画的"钢笔"画。

当时，楚亦然很激动。他没有想到一个没有专门学过绘画的孩子能画得这么好！他把那张画放在办公桌的玻璃板下压了好久。办公室搬家的时候，楚亦然把那幅画又带回了家。

以后再没有接到边域的消息，转眼四年的光阴飞快地过去了。楚亦然也早把这件事忘得干干净净。

今天，望着这幅画，四年前的情景突然浮现在眼前，让楚亦然感到震惊和神秘！

"你有边域的照片吗?"秀男急切地问。

"没有。"楚亦然有些迷茫地说，"他今年应该已经有十七岁了。这孩子难道来到这座城市了吗? 不对! 他怎么能上华大附中呢? 秀男见到的边域可能不是我见到的边域，同名而已，可是这钢笔为什么一模一样呢?"

楚亦然百思不得其解，只觉得脑袋涨得很痛。

　　"不成！我一定得到那个小镇去看一看！"楚亦然像是自言自语。

　　"爸，我也去！"秀男拽住爸爸的胳膊。

第十九章

小镇

　　经过两天一夜的旅途，父女俩来到了四年前楚亦然住过的县招待所。这时候，楚亦然才突然意识到，在这样一个有十几万人的县里找到一个叫边域的孩子是多么的困难。况且边域的家不在城里。

　　边域四年前来信的信封早已丢失了，但楚亦然确信，他只要到了那个采石场，一定会找到边域的家。

　　楚亦然找到当年他帮助工作的单位，那个单位领导给他们派了一辆车，陪着他们来到了采石场。

　　楚亦然和秀男走在崎岖不平的山路上，逢人便打听一个叫边域的孩子。可是，整整一天，找遍了整个采石场，没有人知道边域。秀男想起了她在华大附中寻找边域的情景，会不会根本找不到呢？会不会他只在秀男"危急"的时候才自己出现呢？

到了吃晚饭的时候，什么结果也没有。

"是不是你记错了名字？"开车的司机问。

"不会的！"楚亦然坚定地回答。

"是不是沿街要饭的乞丐呀，说个假名字骗你们？"

"不是。这孩子绝不是那种人。"

"好吧！"开车的司机被楚亦然的坚定感动了，"明天，我跟着你们一个村一个村地找。只要在我们县里有这个人，不信就找不到！"

寻找的第三天，汽车开进了一个根本没有公路的小山村。汽车刚刚停下，许多人便围了上来，这里太偏僻了，很少有汽车开到这里来。

司机跳下车便问："你们这里有没有姓边的？"

有人回答："有！只有一家姓边的，你们找谁？"

秀男急忙说："我们找一个叫边域的男孩子！"

村民们突然不说话了，你看看我，我看看你。

"怎么？没有这个人吗？"楚亦然问。

没有回答。

一个年岁很大的老人指指远处一片绿树环绕的山坡："就在

那边，汽车开不过去，你们走过去吧。"

"谢谢你啊!"楚亦然向老人点点头，心中充满疑惑。

他们朝着那一段坡路走去，秀男偶然回过头，许多村民仍然伫立在原地，愣愣地望着他们，那眼神很怪，不知道是对远道而来的客人感到新鲜，还是对他们寻找边域感到好奇。

"怎么回事?"秀男问爸爸。

"我也不知道。"楚亦然的心情和女儿是一样的。

司机挥挥手："小地方的人没见过世面，就这么痴呆呆的，也不会说话……咱们快走吧，一去一回，天黑了就赶不到县城了。"

路越走越陡，树木也越来越茂密，秀男觉得就好像走在一个两面都有绿色屏障的胡同里。

前边传来潺潺的流水声，大家心中一喜，急忙加快了脚步。

一条蜿蜒的小溪从山上流下，横在了他们的面前。

小溪的水很清很亮，溪中的鹅卵石和沉到水底的残枝落叶清晰可见。

秀男忍不住脱下鞋，踏进溪水，"呀"了一声。小溪的水冰凉冰凉的。

　　小溪的水不深，只能浸到膝盖，但仍然能看到几块很平整的石块有序地铺在水中，方便行人渡溪。溪水大的时候，水流也只能偶尔将石块漫过，但转瞬又水落石出。

　　小溪的对面有一条小路与这面相对，只不过那是人工堆砌的石阶，缓缓地上升着，遥遥地不知通向何处。

　　秀男觉得眼前一片葱茏。这里的微风、这里的细雨、这里的空气仿佛都被染成一片淡淡的绿色。

　　穿过小溪，走上石阶，秀男一愣。

　　就在头顶上，秀男听到了蝉的鸣叫声。秀男仔细倾听，那叫声与北方的蝉叫声没有任何区别，秀男不由得想到，南方人说话和北方人说话就那么大的差别，怎么蝉的叫声就没有区别呢？

　　一种直觉告诉秀男，这里离边域的家不远了。

　　石阶突然没有了，眼前豁然开朗——他们前边出现了一片在这个村里少有的平地。

　　一片水稻田的尽头，一座石头砌成的白房子映入眼帘。

　　蝉声突然变得异常响亮，就像是看家的狗或者鹅告诉主人，有客人到了。

秀男的心剧烈地跳动起来，她多么希望这间屋子里的边域就是她遇到的那个男孩呀！

白房子的门开了，一个妇女走出来，奇怪地看着从田埂上走近的客人。

楚亦然认出来了，她就是边域的母亲。

"您是楚先生！"边域的母亲惊讶地问，"您怎么找到我们家的？您怎么到这儿来了？"

楚亦然急忙走上两步："我想见见边域，他在家吗？这是我的女儿。"他指指秀男。

边域母亲的目光暗淡了，变成灰灰的暮色，她悄没声地转身向屋里走去。

秀男跟着父亲走进屋，她意识到似乎有什么事情将要发生，但还忍不住问："边域在家吗？"

边域母亲指指桌上的照片。

秀男定睛看去，桌上摆着一个相框，那照片上有一个英俊的男孩正面带微笑地看着她——这正是她在学校遇到的那个曾经多次帮助她的男孩！

秀男忘情地问："他在哪儿呀？"

就在这时，她觉得爸爸的大手紧紧地按住了她的肩膀："秀男，不要问了。"

秀男突然明白了，照片上的这个边域已经不在了。

泪珠从边域母亲的眼里滚落下来。但她没有坐下，她紧紧咬着嘴唇，无声地招呼客人坐在椅子上。

秀男看出来，边域的母亲是个非常坚强的人。

秀男嗓子有些哽咽，眼睛立刻湿了，但在这一刻，她还抱有一线希望，照片上的男孩和她认识的边域不是同一个人，只是长得很相像。

沉默了一会儿，楚亦然轻轻地问："什么时候去世的？"

他不敢问边域是为什么去世的，因为在这生命力正是无比旺盛的花季年龄逝去，肯定有让人伤心和遗憾的原因。他不敢去触动边域妈妈的伤口。

"六月二十日……"

"噢，就是一个星期前的事呀！"楚亦然有些惊讶。

边域母亲点点头。

秀男心里颤抖了一下。六月二十日，正是秀男最后一天考试的日子。

"唉！真可惜呀！"楚亦然心里很难过。

"去世之前，他去过龙城吗？"楚亦然又问。

"龙城？"边域母亲抬起头十分奇怪地看着楚亦然。

"对！去过龙城吗？"秀男也问。

边域母亲痛苦地摇摇头："唉！他长这么大，不要说龙城，他就是连这个县也没有出去过呀！他活着的时候，总跟我说，您对他那么好，萍水相逢，就那样帮助他，他一定要考上一个在龙城的大学，到龙城去感谢您……可惜呀……"

秀男和爸爸互相看了看。

楚亦然又问："他后来上高中了吗？"

"他初中毕业，考上了县里的高中，全校第一名。"边域母亲用手擦擦眼角。

"这么说，他很少回家？"

"对！差不多两个星期回来一次，帮助我干点活儿，又急急忙忙走了。"

"他会不会在上学的时候，没有告诉你就去了龙城呢？"秀男问。

边域母亲吃惊地瞪大眼睛："你说什么？他没告诉我就去

了……"

"对！没有告诉你就走了。"秀男又说。

边域母亲摇摇头："这不可能，这绝对不可能……"

"我在……"秀男刚要开口，楚亦然急忙阻止她，可是已经来不及了，"我在龙城见过他！"

边域母亲的眼睛眯了起来："你在龙城见过他！什么时候？"

"见过好几次！我最后一次见他是一个月前吧！"

边域母亲苦笑着摇摇头："可能长得像他吧。"

"我见到的那个人也叫边域！"

"唉！同名同姓的多啦，绝不可能是他！"

"您为什么那么肯定？"

边域的母亲用手擦擦眼角，指了指里屋的一张床："他在这个床上躺了两个月，我整天都在看护他，寸步不离，他怎么能去龙城呢？"

秀男惊讶得说不出话。

"他因为什么去世的？"楚亦然终于忍不住问。

边域的母亲指了指桌上的照片缓缓地说："去年夏天，边域参加了高考。他本以为自己能考上大学，可是公布分数的时候，他却以一分之差落选了。他不相信自己的成绩这样低，到县里查找了很长时间，但是没有结果。

"回到家里，他三天三夜不吃不喝，就一直躺在床上。起床以后很少讲话，整日就是拼命地干活。他把家里原来住的木头和茅草盖的房子翻盖成了石头房子，还把上山的路都铺上了石阶。

"村里的人都说，这么个文静的孩子能干这么多这么累的力气活，真是了不起，可惜没考上大学，要是考上了，没准是个大人才呀！

"有一天，他突然对我说：'妈，我这辈子可能都报答不了那个楚叔叔的恩了。'我说：'你别这样说，来日方长，说不定你什么时候能到龙城去。'他说：'我想到山上去采点珍贵的药材给楚叔叔寄去。万一不回来，你千万别挂念我。'

"听他这么一说，我死活不让他去，他也就没去，整日就呆呆地看着天不知在想什么。两个月前的一天，我怕他憋坏了，就劝他到县城里去看看。

"那一天晚上，他没有回来，我一夜都没有睡。第二天早晨，我早早地就往县城里赶，半路上，村里有人告诉我，说在大坝底下，发现了边域。人是从十几米的坝上掉下来的。

"送到医院以后，他就一直昏迷着。一个星期以后，医生说，脑电波很强烈，但心脏很微弱，怕支持不了几天了，就是到大医院也没有什么办法……我把他拉回了家，他闭着眼睛既不能动也不能说话，我每天给他喂一碗糖水。两个月，他就一直这样躺着，六月二十日中午十二点，他突然睁开眼睛，叫了一声妈妈，流下了眼泪……"

说到这里，边域的母亲已经泣不成声。秀男只觉得心脏猛地哆嗦了一下，中午十二点，正是秀男在试卷上画不出句号的时候。她突然意识到了什么，感情的闸门猛地被撞开了，她再也忍不住，失声痛哭起来……

她走到桌前，捧起边域的照片，紧紧贴在胸前。

爸爸抹着脸上的泪水问："我记得边域有一支钢笔？"

边域母亲走到里屋，拿出一个蜡染花布做成的文具袋。

秀男和爸爸一起站起来。

边域母亲怅然地说："本来，那支笔一直放在这个袋子里，自从边域昏迷的那天，那支笔就不见了。"

秀男将手伸进口袋，摸到了一个东西，秀男的心猛地狂跳起来，她拿出来一看，正是那支满是裂纹、粘着透明胶带的玉石钢笔！

坐上回家的火车，已经是第二天的黄昏时分。

秀男和爸爸面对面地坐着。

秀男从暖水瓶里给爸爸倒了一杯热水，递到爸爸的手里，眼睛仍然盯着暮色苍茫的窗外。

"秀男，你明白是怎么回事了吗？"楚亦然说。

秀男点点头。

"说说我听听。"

"说不出来。"

"明白了怎么说不出来？"

秀男突然指着车厢的尽头对爸爸说："爸爸，你看！"

楚亦然转过身看去。只见边域背着一个包裹从车厢门向这边走来。

父女俩吃惊地看着边域走到离他们隔着三个包厢的地方，打量着钉在床铺上的座位号，又看看手中的车票，然后把包裹放上行李架，坐了下来。

秀男猛地抓住爸爸的手，两个人一起站起来向边域走去。

他们站在边域的面前，许久说不出话。

边域抬起头，微笑着问："你们有事吗？"

秀男声音有些颤抖："你不认识我吗？"

边域摇摇头。

楚亦然也像个孩子似的："你也不认识我吗？四年前，采石场？"

边域很有礼貌地摇摇头："对不起，我真的不认识你们。"

"你是叫边域吗？"秀男紧紧盯着边域的脸。

"我不叫边域，你们认错人了。"那男孩说了一个陌生的名字。

父女俩惊魂稍定。

楚亦然又问："你是到龙城吗？"

"不。"男孩说了另外一个城市的名字。

"去上学吗？"

"不！去打工。"说着话，那个男孩有些顽皮地笑了，"我又不认识你们，你们干吗问我这么多问题啊？"

"对不起，因为你让我们想起了一个熟人，你们长得太像了。"

"他也长得像我这么精神吗?"男孩可爱地说。

"说不好，因为我见到他的时候，他只有十三岁。"

秀男越过男孩的肩膀，看到车窗外一掠而过的农田、河流和道路。心想，这个世界可真是太大了……

图书在版编目（CIP）数据

蝉为谁鸣 / 张之路著. -- 北京 ：作家出版社，2019.1
（不可思议遇见你）
ISBN 978-7-5212-0160-4

Ⅰ. ①蝉… Ⅱ. ①张… Ⅲ. ①儿童小说 - 长篇小说 -
中国 - 当代 Ⅳ. ① I287.45

中国版本图书馆 CIP 数据核字（2018）第 177879 号

不可思议遇见你·蝉为谁鸣

作　　者：张之路
策　　划：左　眩
责任编辑：邢宝丹　桑　桑
插　　图：池袋西瓜
装帧设计：王　悦
出版发行：作家出版社
社　　址：北京农展馆南里10号　　邮　　编：100125
电话传真：86-10-65930756（出版发行部）
　　　　　86-10-65004079（总编室）
　　　　　86-10-65015116（邮购部）
E-mail:zuojia@zuojia.net.cn
http://www.haozuojia.com（作家在线）
印　　刷：中煤（北京）印务有限公司
成品尺寸：148×210
字　　数：112千
印　　张：7.125
印　　数：001-10000
版　　次：2019年1月第1版
印　　次：2019年1月第1次印刷
ISBN　978-7-5212-0160-4
定　　价：28.00元